EEN VROEGE ZOMER

HILDE VANDERMEEREN

Een vroege zomer

Met tekeningen van
WOUT OLAERTS

Davidsfonds/Infodok

Voor Lander

Vandermeeren, Hilde
Een vroege zomer

© 2001, Hilde Vandermeeren en Davidsfonds Uitgeverij NV
Blijde-Inkomststraat 79-81, 3000 Leuven
Omslagontwerp en illustraties: Wout Olaerts
D/2001/2952/17
ISBN 90 6565 982 X
NUGI 221

STICHTING NEDERLANDSE
KINDERJURY
2002

1

Ik lag lekker onderuitgezakt in een luie stoel. De regen kletterde tegen de ruiten. Af en toe zwiepte een tak van onze appelboom tegen het raam. Als het regende, zat ik het liefst met een spannend boek in de veranda.

De schuifdeur stond op een kier. Ik hoorde mam en pa de woonkamer binnenkomen. Het geluid van de regendruppels wiste hun eerste woorden uit.

'... tijd dat we hem op de hoogte brengen,' zei mam.

'Ik vraag me af hoe hij zal reageren,' antwoordde pa.

'Waar is hij nu?'

'Op zijn kamer.'

Wat ze daarna zeiden, kon ik niet verstaan. Ik liet mijn boek zachtjes op de grond glijden en sloop op kousenvoeten naar hen toe. Voorzichtig keek ik even boven de rand van de sofa uit. Ik kon hen nu zien. Mam zat met haar rug naar me toe. Pa liep naar de barkast.

'Misschien zegt hij wel helemaal niks. Met Olaf weet je nooit.'

Mam knikte.

'Natuurlijk zal hij het niet verwachten,' zuchtte pa.

Hij trok de kurk van een fles likeur en schonk een glaasje vol. Voor mam wilde hij een glas vruchtensap halen, maar ze antwoordde dat ze geen dorst had.

'Bovendien heeft hij straks toetsen. Ik heb me laten vertellen dat die in het zesde leerjaar al behoorlijk zwaar zijn. Misschien kunnen we beter wachten tot hij die achter de rug heeft...'

'Jij wilt het altijd maar voor je uit schuiven,' zei mam. 'We kunnen het onmogelijk nog zo lang voor hem verborgen houden.'

Ze stond op.

Ik trok snel mijn hoofd in.

Ze gaan scheiden! Ze gaan scheiden! bonkte het in mij. Net zoals de ouders van Renaud, Chelsea en Sven.

'We halen hem nu naar beneden,' zei mam vastbesloten.

'Oké,' knikte pa. 'Jij mag het zeggen.'

De lafaard, hij durfde me niet eens recht in de ogen te kijken. Ik hoorde hem de deur naar de gang openmaken en naar boven roepen: 'Olaf, kom eens!'

Ik stond op en deed de schuifdeur open.

'Daar ben je!' glimlachte mam. 'We dachten dat je op je kamer zat.'

'Ik ben al een kwartiertje beneden,' mompelde ik.

'Ah…' zei pa. 'Olaf, we willen je iets vertellen, maar misschien heb je alles al gehoord?'

'Nee,' antwoordde ik. 'Ik weet nergens van. En misschien wil ik dat ook wel zo houden.'

Mam kwam naar me toe en sloeg een arm om mijn schouder.

'Olaf, je hoeft je heus geen zorgen te maken…'

Ik liet haar niet uitspreken.

'Jullie mogen niet scheiden!' riep ik uit.

Mam en pa keken elkaar aan. Ze begonnen warempel te lachen.

'Olaf,' zei mam, 'je slaat de bal volledig mis.'

'Wij gaan helemaal niet uit elkaar,' grijnsde pa.

'Je krijgt er een broertje bij,' zei mam. 'Of een zusje.'

2

'Wat?!'

'Je weet wel, een baby.'

Natuurlijk weet ik wat een baby is, dacht ik bij mezelf.

'Maar hoe komt het dat jullie... Ik bedoel... iedereen krijgt baby's, maar jullie toch niet?! Nu toch niet meer?'

'Olaf, die baby was misschien niet echt gepland,' zei mam, 'maar hij is daarom niet minder welkom. Ik ben nu ruim vier maanden zwanger en alles verloopt goed. We hebben gewacht om het je te zeggen tot we er zeker van waren dat alles in orde was.'

'Maar hoe moet ik dat verdomme in de klas gaan uitleggen?' gromde ik.

Ik dacht aan Renaud en kon me zijn reactie al levendig voorstellen.

'Olaf!' riep pa. Hij richtte zich in zijn volle lengte op, 190 centimeter boosheid. Hij zag er gevaarlijk uit zoals hij daar stond, groot en zwaar (hij at een beetje te veel). Zijn ravenzwarte haar piekte naar alle kanten en zijn ogen gloeiden als kolen.

'Rustig, schat. Hij draait heus wel bij,' suste mam. 'Het is de puberteit.'

'Begint die tegenwoordig zo vroeg?' hoorde ik pa zeggen.

Ik liep de trap op en boven gooide ik me op mijn bed. Het kraakte protesterend. Ik staarde naar het plafond, vouwde de handen achter mijn hoofd en dacht na.

Mijn moeder. Zwanger. De voorbije maanden had ik de sfeer thuis inderdaad af en toe vreemd gevonden. De geur van een geheim... Puzzelstukjes vielen nu plots op hun plaats. Mam die 's ochtends enkele keren kotsend boven de toiletpot had

gestaan, met pa bezorgd naast haar. Ze hadden me wijsgemaakt dat haar maag weer gevoelig was… En die keer dat ik mam en pa had betrapt in de sofa, terwijl ze zaten te lachen om iets wat ik niet mocht horen. Mam was inderdaad wat dikker geworden en sommige kledingstukken die ze anders droeg, bleven in de kast hangen. Ik had er niet bij stilgestaan dat je ook door iets anders dikker kon worden dan door te veel te eten, zoals pa. Eindelijk was de waarheid aan het licht gekomen. Ik kon het nog altijd niet geloven.

Een broertje in huis, of erger nog, een zusje. Daar viel al helemaal niks mee aan te vangen. Ik dacht aan mijn nichtje Eloïse. Elke keer dat ze kwam, wou het kind dat we koffie dronken uit domme poppenbekers of wou ze dansen op die idiote kaboutermuziek. Mij niet gezien! En toen Eloïse jonger was, een baby nog, viel er met haar geen land te bezeilen. Huilen, huilen, huilen. En tante Rika op van de zenuwen. Ze kon er geen borstvoeding meer door geven.

O nee! Die blote borsten. Dat zou mam toch nooit overwegen! Stel dat Willi (hij heette eigenlijk Willibrord, maar daar kon hij niks aan doen) plots voor de deur stond om mijn taak Frans over te pennen. Wat kon ik dan in godsnaam zeggen? 'Wil je even je ogen dichtknijpen als je door de woonkamer loopt?'

Met een zware zucht draaide ik me op mijn zij. Misschien zou mam gewoon flesvoeding geven. Dat kon ik haar wel vragen. Ik wou die flessen gerust zelf allemaal afwassen.

Ik had nog meer vragen. Waar zou die huilebalk slapen? We hadden boven drie kamers en een badkamer. Mam en pa sliepen in de grootste kamer, ik in die ernaast. De andere ruimte was volgestouwd met speelgoed en had altijd dienst gedaan als speelkamer. Ik herinnerde me hoe pa en ik enkele jaren geleden nog met legoblokken een heel dorp hadden gebouwd.

Vorig jaar hadden ze me beloofd dat ik de ruimte zou mogen inrichten als muziekkamer. We zouden deze zomer het speelgoed naar de zolder verhuizen. Aan de muren zag ik de posters al hangen. Plaats zat voor mijn drumstel. Het drumstel dat ik zou krijgen voor mijn twaalfde verjaardag. Willi had een elektrische gitaar waar hij nu en dan op ramde en we waren vastbesloten om samen een groepje op te richten. We hadden er zelfs al een naam voor: The Pigs. Ruige muziek zouden we spelen. Nee, de baby mocht onze plannen niet in de war sturen.

Het avondeten verliep stroef. Mam probeerde opgewekt te doen, alsof er niks aan de hand was. Ik kon het niet laten steeds weer naar haar buik te kijken. Pa schrokte zwijgend zijn eten op. Onder zijn T-shirt tekenden zich vetrolletjes af. Eigenlijk leek hij meer zwanger dan mam.

Ik zat een beetje lusteloos in mijn croque-hawaï te prikken. Als er ruzie in de lucht hing, verdween mijn eetlust. Plots kreeg ik medelijden met pa, zoals hij daar nors zat te smakken. Ik besloot een eerste stap te zetten.

'Misschien valt het allemaal wel mee,' probeerde ik.

'Ja,' knikte mam enthousiast.

'Een extra handje kunnen we wel gebruiken, jongen,' zei pa. Hij klonk niet boos meer. 'Het zal hier wel wat drukker worden.'

'Tuurlijk, ik zal de melkflessen wel afwassen als dat nodig is.'

'Melkflessen?' vroeg mam.

Ik voelde dat ik een kleur kreeg.

'Wel, tante Rika gebruikte toch van die glazen flessen toen Eloïse nog een baby was. Ze deed er toen poedermelk en water in.'

'Oh, ja. Maar afwassen is niet genoeg, die flessen moeten

ook gesteriliseerd worden om de bacteriën te doden. Ik ben er nog niet uit, misschien geef ik wel de borst. Dat heb ik trouwens ook bij jou gedaan, Olaf.'

Ik verslikte mij in een stukje ananas. Pa hield mij aandachtig in de gaten.

3

De volgende dag fietste ik met Willi naar school. Hij woonde om de hoek en kwam me elke ochtend oppikken. Een voorzichtig meizonnetje lachte ons toe. In de bomen kon je het gekwetter van vogels horen. De geur van lente hing in de lucht, maar het deed me denken aan de babyshampoo van Eloïse. Ik had de voorbije nacht heel slecht geslapen.

Ik had gedroomd dat er een jongen de kamer binnenkwam waar mijn drumstel stond. Het was alsof ik in de spiegel keek. Een opgeschoten slungel met gitzwart haar, tenger maar gespierd, een regelmatig gezicht met een scherpe neus en groene ogen. Ik ben je broer, had die knaap gezegd, het is mijn beurt om te drummen, ga jij maar lekker melkflessen steriliseren. Ik ging naar beneden. De keuken puilde uit van de flessen, ze gleden van het aanrecht en braken op de grond in stukken.

Toen was ik wakker geworden, met de digitale klokradio op vier uur. Ik had liggen woelen tot het tijd was om op te staan.

Ik trapte suf op de pedalen.

'Wat is er?' vroeg Willi.

'Wat zou er zijn?'

Ik vond het maar niks dat hij zo aan mijn kop zeurde. Willi stopte aan de kant van de weg, sprong van zijn mountainbike en liet zich neerploffen op een omgevallen boomstam. Ik remde, maar stapte niet af.

'Vertel op,' zei Willi. 'We hebben nog even de tijd.'

Hij trok de klep van zijn pet een beetje naar achteren, zodat hij me beter kon zien. Willi zag er altijd sportief uit. Hij was iets forser gebouwd en kon ook beter voetballen dan ik. Daar was ik eerlijk gezegd altijd een beetje jaloers op geweest. Ik wist niet hoe Willi zou reageren, maar ik had op dat moment geen zin om hem iets te vertellen. Misschien liet hij me wel in de steek als de drumkamer er niet kwam.

Toen ik bleef zwijgen, haalde hij de schouders op en sprong weer op zijn fiets. Zonder nog een woord te zeggen, reden we door. We zetten onze fietsen die morgen niet vlak naast elkaar in het rek.

Om vier uur keerden we terug naar huis. Willi was mijn nare ochtendstemming vergeten. Enthousiast begon hij over zijn nieuwe plectrum.

'Keigaaf, gekregen van oom Bob. Ik haal er loeiharde klanken mee uit mijn gitaar. De buren vonden gisteren ook dat het hard ging.' Hij lachte. 'Hoe zit het met je drumstel, Olaf?'

'Na de zomervakantie, voor mijn twaalfde verjaardag. Die drums zijn wel verschrikkelijk duur. Mijn ouders vinden dat ik mijn steentje moet bijdragen.'

'Hoe?'

'Ik ga helpen bij Netje Floep, zoals vorig jaar.'

Eigenlijk heette ze Antoinette Véloupe. Maar in die vijftig jaar dat ze een kruidenierszaakje uitbaatte, had niemand haar zo genoemd. Ze was sinds kort weduwe geworden en had geen kinderen. Mam en pa kenden Netje Floep al lang. Ze had vorig jaar eens gezegd dat er in het begin van de zomervakantie veel werk was. De toeristen van de naburige camping kwamen dan dikwijls over de vloer. Mam en pa hadden toen voorgesteld dat ik haar iedere dag enkele uren zou helpen. Volgens mam hing ik anders te vaak op straat rond. Netje had mijn hulp dankbaar aangenomen. Ik had er eerst tegenop gezien, maar het was meegevallen. Ik had vooral rekken gevuld en bestellingen rondgebracht naar oudere mensen die niet goed meer uit de voeten konden. Netje Floep had me achteraf wat zakgeld toegestopt. Vorig jaar had ik er een echte leren voetbal mee gekocht. Het zakgeld dat ik dit jaar zou krijgen, moest dienen om een stukje drumstel te betalen.

Ik zette alles op een rijtje. Het geld voor het drumstel zou ik in de vakantie verdienen. Mam en pa zouden dan de rest bij-leggen. En op 9 september zou ik het drumstel halen in de winkel. Ik wist al welke drums het zouden worden. Het afge-lopen jaar had ik de deur van de muziekwinkel in de stad plat-gelopen. Mijn drumstel stond helemaal rechts in het uitstal-raam. De vier trommels waren diep donkerbruin. Verder had je een zilverkleurige snaardrum, een hihat en twee cimbalen.

Dat hadden ze me tenminste beloofd voor er van die nieuw-komer sprake was. Ik moest dringend aan mam en pa vragen of ze zich aan hun belofte zouden houden.

4

Die zondagochtend zaten we met z'n allen aan het ontbijt in de veranda. Het licht viel naar binnen en zorgde voor grillige schaduwen op het parket. Op het gras waren enkele mussen druk aan het ruziën over de broodkorst die pa net naar buiten had gegooid. Mam slurpte met zichtbaar genoegen melk uit een reuzenmok met bloemen.

Het beloofde een mooie dag te worden en het humeur van pa volgde het weer. Met zijn zware bromstem loeide hij een Duitse radioschlager mee. Hij was roerei aan het maken.

Ik hoorde het valse gebrul in de keuken. Dit was misschien wel het ideale moment om mijn licht bij hen op te steken over het drumstel.

Met de pan vol roerei en met zijn knalgele schort om kwam hij naar ons toe. Hij plantte een kus in mams nek, terwijl hij zong: 'Du bist alles was ich habe auf der Welt...'

Mam woelde door zijn haar. Ik concentreerde me op mijn kop melk. Ik vond het behoorlijk gênant om hen zo bezig te zien en wou dat ze zich wat inhielden. Al dat idiote verliefde gedoe. Daar zat die baby natuurlijk voor iets tussen. Vroeger waren ze niet zo hangerig. Toch niet voor zover ik het me kon herinneren.

'Het roerei is lekker,' begon ik.

'Laat genoeg over voor mam. Jij moet eten voor twee, schat,' zei pa.

'Oké,' antwoordde ik, een en al gewilligheid. Ik slikte iets weg. 'Hoe zit het met mijn drumstel? Dat krijg ik toch op 9 september, zoals jullie me beloofd hebben?'

Mam en pa keken elkaar aan.

'Daar had ik helemaal niet meer aan gedacht, Olaf,' zei mam

bedenkelijk. 'De muziekkamer wordt de slaapkamer van de baby. En op jouw kamer is er geen plaats voor zo'n groot ding. En trouwens, wanneer zou je spelen? Een baby slaapt de eerste maanden enorm veel. Je zou het kind voortdurend wakker drummen. Het spijt me, jongen, maar je zult je drumstel even uit je hoofd moeten zetten. Misschien kan pa tegen volgend jaar plaats vrijmaken op zolder. Dan zal de baby al minder slaap nodig hebben en kun jij tussendoor wat drummen.'

'Je krijgt wel een ander verjaardagscadeau, jongen. Wat had je nog meer gewild, behalve een drumstel?' vroeg pa met zijn mond vol toast.

Ik had de hele tijd geluisterd. Hun antwoord was een klap in mijn gezicht. Ze hadden er geen flauw benul van hoe belangrijk dat drumstel voor me was. Ze wisten niet dat ik op het punt stond een vriend te verliezen en dat The Pigs roemloos ten onder gingen, nog voor ze van start waren gegaan.

Ik gooide mijn mes op tafel en schoof mijn stoel met een ruk achteruit. Het gebeurde zo bruusk, dat de stoel achteroverviel, waardoor een bloempot op de grond belandde.

Mam schrok en pa sprong op.

'Wat krijgen we nu?!' brulde hij.

Ik haatte het kleine wezentje dat voor al die ellende verantwoordelijk was.

'Ik wou dat je nooit zwanger was geworden!' riep ik tegen mam. 'Ik heb helemaal geen rotbroer nodig en zeker geen grientrien van een zus!'

Mam begon te snikken en pa kwam mijn richting uit.

Ik vluchtte naar mijn kamer en hoopte dat ze me met rust zouden laten. Ik hoorde hoe mam en pa beneden praatten. Af en toe klonk het hard.

Die middag vertrokken ze allebei, op familiebezoek. Mij vroegen ze niet mee. Ik voelde me overal buitengesloten.

Zappend voor tv bracht ik de middag door. Niets kon mijn aandacht vasthouden.

Die avond klopte iemand op de deur van mijn kamer. Mam. Pa klopte niet, hij bonsde altijd. Ze kwam naar binnen. Ik keek strak naar de poster van voetbalster Ronaldo en probeerde zo haar blik te ontwijken.

'Olaf, je hebt lelijke dingen gezegd,' begon ze.

Jullie hebben lelijke dingen gedaan, dacht ik. Beloftes verbreek je niet.

Aan het voeteneind van het bed ging ze zitten. Ik trok mijn benen in.

'Wat zit jou dwars, Olaf?'

'Ik wou een drumstel! Geen baby.'

Mam probeerde een vouw in mijn dekbed glad te strijken.

'Straks ben je niet meer alleen. Aan dat idee zul je moeten wennen.'

Ik haalde de schouders op.

Mam stond op.

'Je kunt het tenminste proberen,' zei ze voor ze de deur dichtdeed.

Toen ze weg was, nam ik de brochure waarop mijn drumstel afgebeeld stond. Iedere avond had ik ernaar gekeken voor ik het licht uitknipte. Traag scheurde ik het papier aan repen.

Die maandag begon zoals nogal wat maandagen. Nat en druilerig. Helemaal geen weer om uit bed te komen. Maar het moest nu eenmaal. Sommige zaken in het leven moesten nu eenmaal omdat het zo hoorde. Baby erbij, drumstel weg, zo simpel was het allemaal... Ik had behoorlijk de pest in.

Pa was blijkbaar ook slechtgehumeurd, zoals hij daar met een zuur gezicht aan de keukentafel zat. We zeiden alleen de hoogstnoodzakelijke dingen tegen elkaar, zoals: Geef me de boter eens aan, alsjeblieft.

Mam probeerde de sfeer wat te verbeteren met verhalen over de winkel. Ze werkte deeltijds als verkoopster van dameskledij in een boetiek in de stad. Op maandag, dinsdag en woensdag was ze altijd thuis, de rest van de week werkte ze. Ook op zaterdag.

'En toen die mevrouw zich bukte om haar zakdoek op te rapen, scheurde de naad van haar rok.'

Het bleef stil.

'Nou ja,' mompelde ze terwijl ze de schouders ophaalde, 'ik vond het anders wel grappig.'

'Dat is het ook, schat,' verzekerde pa haar, 'maar ik ben er nu even niet bij.'

Ik zweeg in alle talen.

Na het ontbijt griste ik mijn broodtrommeltje van het aanrecht.

'Tot straks, Olaf,' zei mam. Ze had haar peignoir nog aan. Later zou ik ook werk zoeken waarbij ik op maandag kon thuisblijven.

De bel ging.

'Doe jij open, mam? Het zal Willi wel zijn. Mijn taalschrift ligt nog boven.'

Ik haastte mij de trap op, pakte het schrift van mijn bureau en liet het in mijn rugzak glijden. Ik was blij dat ik me op het laatste nippertje herinnerde dat mijn schrift nog boven lag. Anders zou er wat zwaaien. Meester Thijs stond erom bekend stiptheid en orde van zijn leerlingen te verlangen.

Tegen de tijd dat ik weer beneden kwam, zag ik hoe een natgeregende Willi in een gezellig gesprek met mam gewikkeld was. Over baby's. Verdomme!

'Tien jaar,' hoorde ik Willi zeggen. 'Ja, Gert studeert nu aan de universiteit. Hij zit op kot in Leuven. Alleen in het weekend komt hij naar huis. Met zijn vuile was.'

'Zie je wel,' knikte mam naar mij, 'Willi heeft een broer van vooraan in de twintig. En daar heeft hij geen enkel probleem mee.'

'Nog eens proficiat!' zei Willi tegen mam voor we op de fiets sprongen.

Toen we de hoek om waren, vroeg hij waarom ik hem niet eerder verteld had dat ik er een broertje of zusje bij kreeg.

'Ik dacht dat het jou niet zou interesseren,' probeerde ik. Ik wou hem absoluut niet vertellen over het drumstel dat er in september niet zou komen. Ik zou het volhouden tot ik niet anders meer kon dan hem de waarheid te zeggen. Nog tot 9 september had ik een vriend. Daarna misschien niet meer…

Onderweg zei hij dat zijn broer in Leuven twee zwarte T-shirts op de kop had kunnen tikken.

'Ideaal voor The Pigs!' lachte hij.

5

Diezelfde dag nog was iedereen van mijn klas op de hoogte van de gezinsuitbreiding. Daar had Willi voor gezorgd. Op maandagmorgen begon meester Thijs altijd met zijn vragenronde over het weekend. En Willi had hem doodleuk het heuglijke nieuws gemeld.

'Dat zal veel veranderen,' knikte de meester. 'Een baby brengt behoorlijk wat leven in de brouwerij.'

Hij kon het weten. Vorig jaar hadden zijn vrouw en hij een tweeling gekregen.

'Poepluiers, poepluiers,' siste Renaud links achter mij.

Daar had je het al. De eikel kwam in actie. Nooit had ik met dat arrogante dokterszoontje kunnen opschieten. Altijd uitdagen en pesten. Hij had een reeks volgelingen die hem op handen droegen.

In de gymles kwam hij achter mij aan geslopen.

'Weet je wel zeker dat het kind van je vader is?' fluisterde hij in mijn oor.

Het bloed steeg mij naar het hoofd en het bonsde tegen mijn oren. Dat liet ik mij niet zeggen! Ik balde mijn vuisten en haalde keihard uit. Dat had hij niet verwacht. Ik trof zijn rechteroogkas en huilend viel hij op de grond.

De gymjuf reageerde ontzet. Zo'n opstootje had ze nog niet meegemaakt. Er vormde zich een kring rond Renaud. Hij schreeuwde. Met beide handen tegen zijn rechteroogkas lag hij op de grond te kronkelen.

Iemand bracht Renaud naar huis.

Ik moest mij meteen aankleden en werd bij de directrice op het matje geroepen.

Ik wachtte tot de zwarte deur openging. Nog nooit was ik haar kantoor binnengegaan. Niet dat ik nog nooit iets had uitgehaald. Ze wisten nog altijd niet wie vorig jaar op het schoolfeest de vlag voor een reuzengrote witte onderbroek had verwisseld. Willi en ik waren daar nooit voor geklist. Maar nu konden ze er moeilijk naast kijken. Het was duidelijk dat ik Renaud tegen de grond had geslagen.

De deur ging open.

Mevrouw Kimpe keek me een tijdje aan voor ze zei: 'Kom binnen, Olaf.'

Ik zag een groot zwart bureau met een leren draaistoel erachter. Misschien draaide mevrouw Kimpe daar wel stiekem enkele rondjes op als ze zich verveelde, dacht ik bij mezelf. Op een kastje stond een foto van drie kinderen met een grote hond. Ik wist dat haar jongste zoon in het vierde leerjaar zat.

Aan de muren hingen kindertekeningen, netjes in lijstjes. In de hoek zag ik een rond tafeltje met een viertal stoelen.

Ik stond daar maar en liet het allemaal over me heen gaan.

'Ga zitten.'

Ze wees me een stoel aan en kwam naast me zitten. Ze zette haar bril af en wreef in haar ogen. Ze had zwarte krullen. Nu ze zo dicht bij me zat, kon ik zien dat ze last had van roos.

'Leg het eens uit, Olaf,' vroeg ze nadat ze haar bril weer had opgezet.

Ze keek me aan.

Ik kon het niet. Ik wilde wat Renaud over mijn vader had gezegd niet herhalen. Dat was tussen Renaud en mij. Vroeger had hij mij wel vaker getreiterd, maar nooit zo hatelijk als vandaag.

Toen ik koppig bleef zwijgen, schudde ze het hoofd.

'Ik begrijp het niet goed, Olaf. We hebben nooit eerder problemen met jou gehad. Heeft het te maken met de baby die er

bij jullie komt? Ik had daarstraks je moeder aan de lijn omdat ik haar moest melden wat er hier gebeurd is. Ze vertelde me dat je de laatste tijd ook thuis opvliegend bent...'

Ik schudde het hoofd, maar er kwam geen klank over mijn lippen. Waarom bemoeide iedereen zich plots met mij? Die zaak met Renaud zou ik zelf wel oplossen. Hij was nog niet van me af.

'Is er iets dat je me wilt vertellen?' herhaalde ze.

'Nee, echt niet,' antwoordde ik.

'Goed,' zei ze. Ze klonk ontgoocheld. 'Volgens zijn vader heeft Renaud er geen verwondingen aan overgehouden, behalve een blauw oog. Renaud zegt dat je hem zomaar hebt aangevallen, maar daar geloof ik zelf eigenlijk niks van. Maar als jij blijft zwijgen, komen we geen stap verder, Olaf.'

Ze keek me nog even vragend aan.

'Wel, dan schrijf jij maar een opstel met als titel *Geweld hoort niet thuis op school*. Vier volle bladzijden, tegen morgen. Ondertekend door je beide ouders. En in de pauze mag je vandaag kauwgum van de tegels schrapen.'

Ze gaf me een mesje waarmee ik dat zou kunnen doen.

'Mag ik nu gaan, mevrouw?'

'Ja, maar ik wil geen gedonder meer. Begrepen, Olaf?'

Ik knikte.

Willi stond me in de gang op te wachten. Ik legde hem alles uit. Willi begreep het. Hij begreep waarom je iemand neersloeg die zulke dingen over je vader zei en ook waarom je die dingen niet herhaalde voor de directrice.

'We leren hem wel een lesje,' beloofde hij. 'Niemand beledigt ongestraft een groepslid van The Pigs.'

Mevrouw Kimpe kwam naar buiten.

'Sta je hier nu nog, Olaf? Ga maar kauwgum schrapen.'

Toen ik het taaie, vuilwitte goedje van de oude tegels af probeerde te halen, dacht ik dat een van die dingen misschien tussen Renauds tanden had gezeten. Ik werd razend en overtuigde mezelf ervan dat hij inderdaad nog een fikse straf verdiende. Maar niet op school. Nee, in de grote vakantie, zonder directrice in de buurt. Nog een dikke maand en Renaud zou vurig wensen dat hij de woorden van daarstraks nooit had uitgesproken.

Ook thuis bleef ik koppig zwijgen over de reden waarom ik Renaud zo hard aangepakt had. Na het vieruurtje ging ik aan het werk om mijn opstel af te krijgen. Er werd op mijn deur gebonsd.

'Zondag geen voetbal,' zei pa en hij deed de deur niet bepaald zachtjes weer dicht.

Ik vloekte binnensmonds. Nu miste ik die laatste wedstrijd in eerste klasse... De wereld was onrechtvaardig. Je verdedigde iemand en je kreeg overal het deksel op de neus.

Ik begon verwoed te pennen aan mijn opstel. Twee uur later was het af.

6

'Je hebt een nieuwe zomertrui nodig,' zei mam die woensdag-
middag. We waren net samen frieten aan het eten. 'Je groeit uit
je kleren,' zuchtte ze. 'Wat word je groot.'

'Die trui is nog oké,' zei ik. Maar ik wist dat het niks zou uithalen.

'We gaan vanmiddag samen de stad in. Ik moet nog enkele
spullen oppikken die ik heb besteld. Ondertussen kopen we
een nieuwe trui voor je. En een broek.'

'En een cd?'

'Misschien.'

'Deal!' zei ik en ik kwakte nog een klodder mayonaise op
mijn frieten.

Ik hoopte maar dat we niet lang zouden winkelen. Met een
aantal jongens had ik afgesproken om te voetballen op het
veldje van onze wijk.

Een halfuur later stonden we voor het rode licht, midden in
het nerveuze stadsverkeer. Er waren veel mensen op de been.
Chauffeurs toeterden zonder aanleiding. Het leek mam niet te
storen. Stralend zat ze achter het stuur. Vorige week was ze bij
de kapper langsgeweest en ze had zich aan een nieuw kapsel
gewaagd. Het korte blonde kopje stond haar wel, maar dat zou
ik natuurlijk nooit toegeven.

'Ik hoop dat het een meisje wordt,' zei ik.

'Waarom?' vroeg ze verrast.

'Dan kunnen jullie dagen aan een stuk winkelen.' Ik meende
het. Het was het eerste wat ik over mijn toekomstige 'broer-
zus' kon zeggen zonder dat het chagrijnig klonk.

'Hier,' zei ze en ze stak me een plastic mapje toe dat ze uit haar handtas aan mijn voeten viste.

'Wat moet ik daarmee?'

'Openmaken en kijken.'

Ik haalde er enkele velletjes glad papier uit. Veel zwart, grijs en wit, en cijfertjes aan de rand.

'Wat is dit?'

'Daar staat het op. Dat zijn foto's van de foetus. Ze zijn een tijdje geleden genomen via een echografie bij de gynaecoloog.'

'Oh…'

Ik wist eerlijk gezegd niet hoe ik de foto's moest houden. Ik kon niks herkennen in die vage vlekken.

'En?' Benieuwd staarde mam mij aan.

'Euh… mooi. Kun je daarop zien of het nu een meisje of een jongen wordt?'

'Op die foto is het nog niet duidelijk. De gynaecoloog heeft een vermoeden, maar we hebben hem gevraagd niks te verklappen. Pa en ik willen het geslacht vooraf niet kennen.'

Ik anders wel, dacht ik, maar mijn mening is toch niet van tel.

'Wanneer komt de baby eigenlijk?'

'De voorziene geboortedatum is 15 september. Het ziet ernaar uit dat jullie verjaardagen in dezelfde maand zullen vallen.'

Of op dezelfde dag… Kun je een taart besparen, dacht ik schamper.

Het licht was ondertussen op groen gesprongen en achter ons toeterde een ongeduldige chauffeur. Voorzichtig stopte ik de velletjes papier weer in het plastic mapje.

'Eerst haal ik die spullen op, Olaf.'

Ze parkeerde onze tweedehands Golf in een zijstraat waar ik nooit eerder was geweest.

'Wat voor spullen?'

'Een wipstoeltje, een babybox en nog een paar andere dingen,' antwoordde ze. 'Een wieg hebben we niet nodig. We hebben die van jou nog. Een laagje verf en nieuwe stof en ze kan zo weer worden gebruikt.'

Ik voelde me ook gebruikt. In plaats van te voetballen stond ik hier nu bij een winkel voor baby's en toekomstige moeders. We gingen samen naar binnen. Ik zorgde ervoor dat ik op een afstand van mam bleef. Er waren nog meer klanten in de winkel. Terwijl mam bij de toonbank met de winkeljuf aan het praten was, lummelde ik maar wat rond. Ik ving een gesprek op tussen twee vrouwen, van wie de ene duidelijk zwanger was en de andere een baby droeg in een soort draagzak.

'... veel bloed verloren, mijn man ging van zijn stokje.'

'Zo zijn er veel.'

'Maar al met al mag ik niet klagen,' zei de vrouw met de baby. 'Als ik denk aan wat mijn vriendin is overkomen. Er liep iets fout tijdens de bevalling; ze moesten plots een keizersnede uitvoeren. Op een bepaald moment zag het er helemaal niet goed uit voor haar; haar hart klopte nauwelijks meer. Uiteindelijk is alles in orde gekomen, maar het heeft niet veel gescheeld of ze had de bevalling niet overleefd.'

Toen sloeg ze met de vlakke hand op haar voorhoofd.

'Sorry, ik vertel je dit allemaal terwijl jij vlak voor de bevalling staat. Stom van me.'

'Geeft niet,' zei de ander, maar het klonk niet overtuigd. 'Tot ziens dan maar.'

'Laat me iets weten als het zover is.'

'Ja, hoor.'

Was dat mogelijk? vroeg ik me af. Was het mogelijk dat mam het ziekenhuis zou binnengaan en nooit meer zou buitenkomen? Niemand had me daar ooit iets over gezegd. Bevallen deed pijn, dat wist ik. Op tv schreeuwden barende vrouwen altijd drie keer heel hard, knepen de hand fijn van wie hen bijstond en daarna was het kind er. Verliep het dan niet altijd zo vlot?

Ik zag mam afrekenen en samen droegen we de zware spullen naar buiten. Met wat duwen en trekken kregen we alles in de auto. Ik stak de straat over om de cd te kopen die ik al zo lang op het oog had. Te voet gingen we daarna naar de kledingzaak, waar ik gedwee de ene na de andere trui over mijn hoofd trok.

Toen ik voor de spiegel stond, vroeg ik het haar.

'Alles komt toch in orde, mam?'

'Wat bedoel je?'

'Met die bevalling en zo. Daar loopt toch niks mis mee?'

Ze kwam dichterbij. We keken elkaar aan in de grote spiegel. Over enkele jaren zou ik haar boven het hoofd zijn gegroeid.

'Meestal verloopt het goed, Olaf. Na het vorige onderzoek bleek dat alles is zoals het hoort. Het hartje klopt en het kindje groeit normaal.'

'Maar aan zo'n bevalling ga je toch niet dood of zo?'

'Olaf, overdrijf nu toch niet. Je maakt me bijna bang,' zei mam.

De winkeljuf kwam kirrend achter ons staan.

'Ik zie dat deze trui jullie bevalt? Mijn zoon heeft er thuis ook zo een en...'

'De vorige stond mij beter,' zei ik.

'Hij heeft gelijk,' zei mam.

Ze nam de grijze trui die op de stoel lag en rekende af.

7

De toetsen waren achter de rug. Eindelijk was de laatste week van juni begonnen. De vakantie lachte ons al toe. Iedereen had er nood aan. Meester Thijs was de laatste weken wat prikkelbaar geweest. Hij vertelde dat de baby's hem slapeloze nachten bezorgden.

Thuis waren er geen incidenten meer geweest. Mam straalde en had meer energie dan ooit tevoren. Ze had het behang van de muren van de toekomstige babykamer geweekt. De wieg had ze zorgvuldig afgeschuurd en ons huis was aan een grondige poetsbeurt onderworpen. Pa leek weer iets milder gestemd tegenover zijn voorlopig enige zoon. Ik vroeg me af hoe lang het zou duren voor we elkaar weer in de haren vlogen. Het zat me nog steeds hoog dat ik dat drumstel niet zou krijgen en ik had het nog altijd niet aan Willi verteld.

Willi en ik zaten naast elkaar met een grote basketbal tussen ons in. 's Avonds speelden we af en toe een wedstrijdje op het geasfalteerde terrein in het park. Iets verderop waren enkele jongeren aan het skaten. De belofte van een mooie zomer hing in de lucht.

'Nog twee dagen,' zei Willi. 'Ik heb mijn taalschriften al in de vuilnisbak gekieperd. Daar zijn we volgend jaar toch niks meer mee.'

Ik wilde nog niet te veel denken aan volgend schooljaar. We zouden elk naar een andere school gaan.

Plots stootte hij me aan.

'Kijk, als dat onze vriend Renaud niet is.'

We zagen hoe een jongen met een skateboard onder de arm onze richting uit kwam. We trokken ons dieper in het struikgewas terug. Als hij naar zijn vrienden liep, zou hij ons moeten passeren.

Willi viste een halfvol blikje cola op uit de rommel die naast de vuilnisbak was terechtgekomen. Hij begon te grinniken.

'We moeten hem nog altijd iets betaald zetten, de hufter,' fluisterde hij.

Renaud kwam fluitend dichterbij. We zaten op onze hurken en ik kreeg haast een kramp in mijn kuiten. Willi's hand klemde zich om het blikje. Hij had altijd goed kunnen mikken.

De cola kwam op Renaud zijn kleren terecht, als zwarte regen. Razend liet hij zijn skateboard op de grond vallen en hij dook het struikgewas in om de dader bij de lurven te vatten. Hij hield zich in toen hij merkte dat we met z'n tweeën waren. Hij stond erbij als een woeste viking; zijn blonde krullen klitten een beetje aan elkaar van de cola en zijn ogen spoten vuur.

'Jullie weer!' zei hij met verstikte stem. 'Dat zet ik jullie betaald.'

Hij begon te roepen naar zijn vrienden, die wat verderop aan het skaten waren. Willi en ik waren nu ook weer niet zo heldhaftig dat we het tegen een hele bende wilden opnemen. Ik pakte onze bal en we namen de benen. We hoorden de naderende voetstappen en zetten het op een spurten. Bij de ingang van het park sprongen we op onze fietsen. Achter ons hoorden we nog wel geroep, maar niemand haalde ons in.

Voor de deur van Willi's huis bliezen we uit.

'Zijn verdiende loon,' hijgde Willi. 'Als ik terugkom uit Zuid-Frankrijk, bedenken we nog één geweldige grap voor hem.'

'Hoe lang blijf je daar?'

'Drie weken. Volgende week zaterdag vertrekken we. Kijk, pa is net de camper aan het opknappen.'

Een grote, witte kampeerwagen stond op de oprit en eronder zag ik Willi's vader even naar me wuiven.

Ik baalde een beetje. Wij gingen natuurlijk helemaal nergens naartoe. Mam wou het rustig houden de laatste maanden voor de geboorte. En pa nam maar één weekje vakantie in augustus. De rest wou hij opsparen tot de baby kwam. Ik vroeg me af hoe ik zonder Willi mijn vakantie zou doorkomen. Het vooruitzicht van de gesprekken met Netje Floep, die steeds dover werd, maakte me niet vrolijker.

'Tot ziens,' riep ik en ik reed naar huis.

Toen ik thuiskwam, zag ik een grijze Mercedes voor onze deur staan. Ik vroeg me nieuwsgierig af van wie die wel kon zijn. Met zeven haasten zette ik mijn fiets in het rek van onze garage en ging door de zijdeur de keuken binnen. Niemand. Het bezoek zat in de woonkamer. Dan moest het wel belangrijk zijn.

'Dag jongen,' zei pa.

Hij zat in de sofa naast tante Gwendoline, die eigenlijk een tante van mam was. Maar iedereen noemde haar tante Gwendoline en ik dus ook.

'Heb je dorst?' vroeg pa terwijl hij naar de keuken liep.

'Een glaasje spuitwater gaat er wel in,' antwoordde ik.

Tante Gwendoline sloeg uitnodigend op het kussen naast haar.

'Kom je naast me zitten, Olaf?' vroeg ze. 'Wel, jongen, hoe gaat het in het vijfde leerjaar?'

'Het zesde,' zei ik.

Ik ging in de sofa zitten en liet zeker een halve meter tussen haar en mij. Ik had een bloedhekel aan tante Gwendoline. Ze vergat telkens in welke klas ik zat en behandelde me als een kleuter. Ze boog voorover en graaide in haar tas. Haar gepermanente haar had een paarse schijn en leek aan haar hoofd vastgelijmd.

Ik rolde met mijn ogen naar mam. Als tante Gwendoline het waagde een lolly uit te halen…

Ze hield een dik pak foto's in haar hand.

'Prachtige herinneringen aan onze reis naar Mallorca,' zei ze enthousiast.

Ze sprak in een wolk van speekseldruppeltjes. Ik schoof een eindje van haar vandaan.

Ze duwde het pak in mijn handen.

Sinds oom Dick en tante Gwendoline hun meubelzaak hadden verkocht, maakten ze enkele keren per jaar een reis. En telkens vielen ze ons lastig met hun vele foto's.

Pa zette het glas spuitwater voor me neer.

'Wij hebben ze al bekeken, Olaf.'

Om zijn mondhoek speelde een lachje. Ik wist dat pa ook niet dol was op tante Gwendoline.

Haar vinger priemde naar een vage plek op een overbelichte foto.

'Kijk, oom Dick duwt dat arme wicht in het water. Op reis hangt hij altijd de grapjas uit!'

Ze schudde het hoofd.

Ik probeerde de foto's per twee om te draaien. Dat ging sneller.

'Je hebt er net één overgeslagen,' wees tante Gwendoline me terecht.

Ik stond op om mijn glas te nemen.

'Hoe gaat het met Katrijn?' vroeg mam.

Het was lang geleden dat ik Katrijn had gezien. Mam vertelde vaak hoe zij vroeger met haar nichtje Katrijn samen tikkertje hadden gespeeld in de boerderij van hun oma en opa.

Tante Gwendoline zuchtte even.

'Ik wou dat ze wat vaker langskwam. Maar ze heeft haar handen vol met de kinderen, weet je. Die drie kwajongens van haar zetten de boel behoorlijk op stelten. En Katrijn wil nog een vierde kindje. Stel je voor, op haar leeftijd!'

Tante Gwendoline schudde misprijzend het hoofd.

Het bleef even stil. Buiten scheurde een motor voorbij.

'Katrijn is toch niet oud,' begon mam, 'halfweg de dertig, zoals ik.'

'Natuurlijk ben je dan nog niet oud! Maar het is toch geen leeftijd meer om kinderen te krijgen? De kans is toch groter dat er dan van alles verkeerd loopt. Maar Katrijn wilde natuurlijk niet naar me luisteren.'

Ik had het pak foto's ondertussen op de salontafel gelegd. De woorden van tante Gwendoline echoden in mijn hoofd.

'Heb je nog niet gemerkt dat ik zwanger ben?' vroeg mam plots.

Tante Gwendoline keek haar aan.

'Dat meen je niet! Ik dacht dat je die kilo's er gewoon bij ge-snoept had.'

'Toch wel,' zei ik. 'Halfweg september komt er een baby.'

Tante Gwendoline zuchtte nu nog zwaarder. Er viel een on-gemakkelijke stilte. Ze opende haar mond om iets te zeggen, maar sloot die weer. Zorgvuldig nam ze de foto's van tafel.

'Heb je ze allemaal gezien?' vroeg ze aan mij.

Ik knikte.

'Dan stap ik maar eens op,' zei ze.

'Doe de groeten aan Dick,' zei pa.

Ze stond op. Ik dacht dat ze me over het hoofd wilde aaien. Daarom boog ik snel voorover om mijn schoenveter te strikken.

'Tot ziens,' riep ik nog.

'We sturen een geboortekaartje,' hoorde ik mam zeggen voor ze de voordeur dichtduwde.

Mam kwam de woonkamer binnen. Ze ging zitten en legde haar handen op haar buik.

Pa gaf me een por.

'Van haar zijn we weer een tijdje af,' zei hij. 'Wat wordt het de volgende keer? Alaska?'

'Ze moeten toch ooit eens hun fototoestel vergeten,' zei ik.

'Waarom is Dick eigenlijk niet meegekomen?' vroeg hij aan mam.

Mam schrok op.

'Wat vroeg je?'

'Waarom is Dick niet meegekomen?' herhaalde pa.

'Geen idee.'

Pa liep op mam toe.

'Wat is er?' vroeg hij.

Mam haalde de schouders op. Pa boog naar haar toe.

'Heeft die zuurpruim je bang gemaakt?'

Mam schoof ongemakkelijk heen en weer.

'Misschien wel.'

'Maar ze overdrijft toch altijd! Het is een eeuwige zwartkijkster. Dat weet je toch al langer dan vandaag?' zei pa.

Hij gaf mam een knuffel.

'Laat je zwangerschap door haar niet verknallen,' fluisterde hij.

Mam knikte.

Die avond lag ik te draaien in bed. Ik dacht aan tante Gwendoline en haar stomme foto's. Maar het waren deze keer niet haar foto's die me hadden geërgerd. Het was wat ze had gezegd. Er was een gevoel van naderend onheil binnengeslopen. Het drukte als een baksteen op mijn maag en zorgde ervoor dat ik de slaap niet kon vatten.

8

'Dag Netje,' groette ik. 'Alles goed?'

'Wat zeg je?'

'Alles goed?!' brulde ik.

'Prima,' zei ze en ze stak haar duim op. Met haar warrige haardos en haar gebloemde schort leek ze wel een vriendelijke heks.

'Begin maar met de rekken te vullen. De levering staat in de kelder. Doe eerst de conserven en controleer daarna eens de vervaldata van de confituur.'

Mijn eerste vakantiedag. Avonturentocht tussen de erwten en de spaghetti. Ik baalde hevig en liet een blik wortelen uit mijn handen vallen. Ik keek achterom. Netje had niks gezien. Nu kwam het goed uit dat haar gehoor niet meer scherp was. Ik zette het blik zo neer dat de deuk niet zichtbaar was.

Ik moest gelukkig alleen 's voormiddags werken, iedere weekdag van halfnegen tot halfelf. Maar waarvoor zou het zakgeld dienen... Ik wilde een drumstel en niks anders. Nijdig zette ik het ene blik wortelen naast het andere. Willi amuseerde zich waarschijnlijk rot in de Gorges du Tarn. Hij was eergisteren vertrokken. Misschien was hij op dit moment aan het kajakken.

'Lukt het, Olaf?' Netje stond plots naast mij.

Ik wipte tien centimeter omhoog.

'Alles onder controle,' zei ik toen en duimde daarbij zoals zij het daarstraks ook had gedaan.

'Als je klaar bent, mag je deze zak naar meneer Wimmel brengen. Ik heb het adres hier op een briefje. Het is een rare vent, maar een goeie vent. Komt al jaren zijn huis niet meer uit als het niet nodig is. Je krijgt de zak gemakkelijk achter op de fiets.'

De bel ging en enkele giechelende tienermeisjes kwamen de winkel binnen. Ze interesseerden me geen moer. Ik had alleen oog voor mijn conservenblikken.

Toen ik de zak op mijn fiets had gebonden, las ik het adres dat Netje mij had gegeven. Jagerspad 4. Een kronkelend weggetje langs de vaart. Ik wist niet dat daar iemand woonde. Dat ontbrak er nog aan. Een bezoek aan een zonderling in een verlaten gebied. Ik moest stevig doortrappen, want er stond een strakke wind. In het water voer een goederenschip mijn richting uit. We kruisten elkaar en ik zwaaide naar de man op het dek. Geen reactie.

'Ik hoop dat je snipverkouden wordt,' mompelde ik.

Hier moest het ergens zijn. Ik stopte en zag een aardeweggetje aan de linkerkant. Door de talrijke bomen en struiken sprong het niet in het oog. Een klein bordje op een scheve paal liet weten dat dit het Jagerspad was. Nummer 2 was een oud boerderijtje. De weg kronkelde eerst nog enkele keren en ik dacht dat nummer 4 misschien niet eens bestond, toen er plots een huisje opdook.

Het had iets sprookjesachtig. Het huisje was in het wit geschilderd, had lichtgroene luiken en een dak met rode pannen. In de bloembakken onder de ramen bloeiden veelkleurige bloemen. Het huisje was omringd door een grasveld. Overal stonden tuinkabouters. Kleine en heel grote. Bijna zo groot als ik. Het waren er zeker honderd.

Ik stapte van mijn fiets, nam de zak met eetwaren en duwde het houten hek open.

Er was geen bel aan de voordeur. Dan maar achterom. Ik liep rond het huis. Daar stonden nog veel meer tuinkabouters. Zo levensecht. Ze leken wel opgezet. Voorzichtig stak ik mijn hand uit om er een aan te raken.

'Hela, wat doe jij daar?' riep een schrille stem.

Ik schrok me een aap. Een kleine man met een strooien hoed kwam op me af. Hij was kleiner dan ik. Hij deed me op een of andere manier denken aan het sprookje van Sneeuwwitje.

'Wat loop jij hier rond te neuzen in mijn tuin, snotaap?'

'Bent u meneer Wimmel?' vroeg ik.

'Jawel, en waarom moet jij dat weten?'

'Ik heb een bestelling voor u bij me van Netje Floep.'

'O… Juist, ja, ze heeft me verteld dat ze een hulpje kreeg, maar ik was het vergeten. Sorry. Kom binnen.'

Binnen was het ongelooflijk gezellig. Ik zette de zak op tafel en legde de rekening ernaast. De stoelen en de tafel waren lager en kleiner dan ik gewoon was. Terwijl meneer Wimmel in zijn portemonnee pasmunt aan het zoeken was, viel er een stilte.

'Mooi huis,' zei ik.

'Vind ik ook, jongen. Niet te veel poespas en zo.'

'Gezelschap is er anders genoeg,' zei ik en ik wees naar buiten.

'Iemand moet voor hen zorgen.'

Hij legde het geld op tafel. Het bedrag klopte en ik stak het weg.

'Bedankt,' knikte ik.

Hij liep met me mee naar buiten.

'Ze zijn gedumpt. Ik haal ze van rommelmarkten, waar ze voor een prikje te koop staan, red ze uit afvalcontainers of doe mijn ronde voor de huisvuilophaling hen voorgoed laat verdwijnen. Ze zijn niet volmaakt, zie je. De mensen willen alleen nog dingen die helemaal in orde zijn.'

Het klonk bitter.

Toen pas zag ik de afgebroken neuzen, de barsten, de afgebladderde verf aan de mutsen, de kabouters met één hand, de kabouters die een stuk van een voet misten…

'Hier zijn ze veilig.'

Ik kreeg een raar gevoel toen ik die kleine man daar zag staan te midden van zijn stenen broeders.

'De wereld is hard, jongen, voor wie niet is zoals de anderen,' fluisterde hij.

Die avond vertelde ik mam en pa over meneer Wimmel.

'Ik heb al over hem gehoord, over die dwerg aan de vaart met zijn kabouterleger,' wist pa. 'Een beetje getikt, maar voor de rest ongevaarlijk.'

'Of hij getikt is, zou ik niet durven zeggen,' zei mam. 'Nog wat aardappelen, Olaf?'

Ze stond op om naar de keuken te gaan. Plots hoorden we een schreeuw. Pa sprong op en haastte zich naar mam. Ik liep hem achterna.

Mam hield zich met een vertrokken gezicht vast aan het aanrecht.

'Wa... wat is er?' hakkelde pa. 'Waar doet het pijn? Alles in orde met de baby? Zal ik de dokter opbellen?'

Mam begon te lachen en hield haar hand onder een straal koud water.

'Je raakt te vlug in paniek, schat. Ik heb gewoon mijn vingers gebrand. Daar heeft de baby geen last van!'

Pa slaakte een zucht van opluchting. Het was duidelijk dat hij op de toppen van zijn tenen liep nu de geboorte dichterbij kwam. Maar toch, het zou nog zo'n twee en een halve maand duren...

9

Enkele dagen later liep ik met een zak eetwaren te zeulen die ik bij een bejaard koppel moest bezorgen. Netje had me aangeraden de kortste weg door het park te nemen. Het was rond tien uur in de voormiddag en op het speelpleintje joelden enkele kinderen. Op de banken hielden de moeders hun kroost in de gaten. Misschien stond dit me over enkele jaren ook te wachten. Babysitten. Ik mocht er niet aan denken.

Ik liep nu langs de vijver en keek naar een man die net een vis aan de haak had geslagen. Het leek een heel grote, hij moest in elk geval flink trekken. Ik keek opzij, week af van het pad en struikelde over een boomwortel.

De zak viel op de grond. Appelen en tomaten rolden alle kanten uit.

'Verdomme,' vloekte ik en ik begon alles bij elkaar te rapen. Ik veegde de grassprietjes van de tomaten en speurde de grond af op zoek naar appelen.

'Aan mijn voeten ligt iets, denk ik.'

Er zat een meisje op de bank. Ze keek recht voor zich uit en wees naar beneden. Aan haar linkervoet lag inderdaad nog een appel. Ik raapte hem op. Het meisje had lang blond haar en slanke bruine benen en ze droeg een zonnebril. Op haar schoot lag een boek.

'Heb je me zien vallen?' vroeg ik.

'Nee,' zei ze. 'Ik was aan het lezen.'

'Wat lees je?' vroeg ik.

'Een detectiveverhaal.'

'Daar hou ik ook wel van.'

Ik ging op de bank naast haar zitten. Meneer en mevrouw Palters konden wel even wachten met appelmoes maken.

'Fiene,' zei ze.

'Wat zeg je?'

'Zo heet ik.'

'En ik ben Olaf.'

Al die tijd had ze mij niet aangekeken. Ze was misschien verlegen.

'Ik heb je hier nog nooit gezien,' begon ik.

'Ik woon hier ook niet. Ik logeer een maand bij mijn tante.'

'Veel valt hier jammer genoeg niet te beleven,' lachte ik.

'Ik woon in een flat, in het hartje van Brussel. Als ik een stap buiten zet, word ik haast vergiftigd door de uitlaatgassen. Vakantie betekent voor mij frisse lucht. En lezen.'

Ik keek naar het dikke boek. Er stonden geen letters op de bladzijden, alleen maar puntvormige uitstulpingen.

Ik liet mijn vingers erover glijden.

'Vreemd boek.'

'Braille,' zei ze.

'Hoezo, braille?'

'Ik ben blind,' zei ze. 'Had je dat nog niet gemerkt?'

Toen pas zag ik de witte stok die netjes naast de bank stond. Ik wist niet wat ik moest zeggen.

'Sorry,' zei ik.

'Waarom?' vroeg ze.

Ik haalde de schouders op en moest het antwoord schuldig blijven.

'Hé, ik moet ervandoor. Meneer en mevrouw Palters krijgen nu waarschijnlijk honger. Zit je hier morgen weer?'

'Tussen twee en vier.'

'Oké.'

Ik stak mijn hand op en dacht er pas later aan dat ze dat niet had kunnen zien.

Na de middag vroeg mam me mee te gaan naar de supermarkt in de stad. Ze had me nodig om de kratten water en de pakken melk in het winkelwagentje en in de auto te tillen.

Ik stond net chips te kiezen, toen ik hem zag. Renaud. Hij moest me al eerder hebben opgemerkt. Hij kwam op me af. Er was niemand in de buurt.

'Misschien wordt het een monster, zeker als het op zijn broer lijkt,' zei hij. Hij gaf me een gemene trap op mijn voetbalvoet. Hij verdween voor ik kon reageren.

Woedend wreef ik over mijn pijnlijke enkel. Sinds het incident in de gymles waren Renaud en ik gezworen vijanden. En het ging van kwaad naar erger. Het werd tijd dat Willi en ik weer eens in de aanval gingen.

'Wat heb je aan je voet?' vroeg mam terwijl ze naar me toe kwam.

'Gewoon, ergens tegenaan gelopen,' antwoordde ik.

10

De volgende dag bracht ik fluitend de prei van de kelder naar de groentebakken. Zonder morren plukte ik enkele rotte aardappelen onder het rek vandaan en liet ze in de vuilnisbak verdwijnen. Ongevraagd dweilde ik een kleverig goedje op, vermoedelijk limonade die een peuter daarstraks uit zijn flesje had gegoten zonder dat zijn moeder het gezien had. Onze overbuurvrouw Rachelle had er zich aan geërgerd toen haar schoenzool er even aan bleef plakken.

'Je bent in topvorm, jongen!' prees Netje.

Mijn humeur werd er nog beter op.

'Hoe gaat het met je ma?' vroeg ze.

'Alles in orde! Alleen 's avonds voelt ze zich wat moe.'

'Weet je al of het een broertje of een zusje wordt?' vroeg Rachelle, die nieuwsgierig bij ons was komen staan.

'Nee, nog niet.'

'Je ouders willen zeker een meisje? Ach, heerlijk lijkt het me, een jongen en een meisje! Een koningswens,' zuchtte Rachelle.

'Het is hun om het even,' antwoordde ik.

'Gelijk hebben ze,' zei Netje Floep zacht. 'Een kind is een kind.'

Rachelle schuifelde ongemakkelijk heen en weer en verdween toen achter de rekken.

Die middag haalde mam de schotel met macaroni met kaas en ham uit de oven. Meestal aten we een snelle hap om dan 's avonds uitgebreid te eten als pa er was. Ik vertelde haar van Netje en vroeg me hardop af waarom de tranen haar in de ogen waren gesprongen toen het over de baby ging.

'Waarschijnlijk omdat Netje en haar man zelf geen kinderen konden krijgen,' vermoedde mam. 'Valt je werk voor de rest mee?'

'De tijd vliegt,' antwoordde ik. 'Dan zit het wel snor.'

'Verveel je je niet nu Willi in het buitenland is? Vanmiddag ga je toch niet weer voor de tv hangen?'

'Nee, ik ga naar het park.'

Ik mompelde iets over vrienden met wie ik had afgesproken.

'Heb je die ruzie met Renaud al bijgelegd?' vroeg mam.

'Nog niet, dat komt wel.'

Nadat we hem nog een keer stevig hebben aangepakt, voegde ik er in gedachten aan toe.

Na het eten zette ik de borden in de vaatwasmachine en pakte een strip van De Rode Ridder. Zouden er ook stripverhalen in braille bestaan?

Ze zat op dezelfde plaats als gisteren. Haar vingers gleden over de bladzijden van het boek. De zon viel op haar haren en gaf de bovenkant van haar hoofd een gouden kleur.

'Hoi,' zei ik en ik plofte naast haar neer.

'Hallo, Olaf,' zei ze.

'Hoe weet je dat ik het ben?' vroeg ik dwaas.

'Ik herken je aan je stem.'

Ze klapte het boek dicht.

'Bestaat De Rode Ridder ook in braille?' vroeg ik.

'Dat stripverhaal? Nee,' zei ze.

Het bleef even stil.

'Jammer,' zei ik.

'Ik heb het nooit gekend, dus ik mis het ook niet.'

'Hoe lang ben je eigenlijk al blind?'

'Vanaf mijn geboorte.'

'En je broers of zussen, zijn die…' Ik wikte mijn woorden.

'Zijn die ook blind?'

Fiene begon te lachen.

'Denk je dat wij thuis allemaal met witte stokken rondlopen? Mijn ouders zien zo scherp als een uil en mijn zus ook. Broers heb ik niet. En jij?'

'Ik ben niet blind.'

'Dat bedoel ik niet,' glimlachte ze. 'Heb jij broers of zussen?'

'Dat weet ik nog niet,' antwoordde ik.

'Je bent een rare kwast, Olaf!'

Ze gaf me een por in mijn zij. Ik vond het niet echt een compliment om als rare kwast omschreven te worden en probeerde mijn antwoord te verduidelijken.

'Mam verwacht een baby, voor september. Ze weten nog niet of het een meisje of een jongen wordt.'

'Leuk voor jou,' zei ze enthousiast. 'Altijd heb ik ervan gedroomd om nog een jonger broertje te hebben.'

'Ik niet.'

Ik vertelde haar van de plannen met de muziekkamer die nu op de lange baan waren geschoven. Zelfs over The Pigs vertelde ik haar.

'Ik hou ook van muziek,' zei ze. 'Ik speel piano.'

Het bleef even stil. Ik vond het niet erg. Willi en ik konden ook lang bij elkaar zitten zonder iets te zeggen. Het was geen ongemakkelijke stilte zoals op onze jaarlijkse familiefeesten. Als de meeste verhalen waren verteld, vond oom Freddy het altijd nodig om de stilte te doorbreken met een van zijn platte moppen.

Ik vertelde haar ook over Willi, die aan het kamperen was in Zuid-Frankrijk en nu waarschijnlijk zou mountainbiken of kajakken.

'Op de sportdag hebben we op een tandem gefietst,' herinnerde Fiene zich. 'Een heel rustig stukje. Telkens een begeleider vooraan en iemand van ons achterop.'

'Ga jij naar een gewone school?'

'Wat noem jij een gewone school?' vroeg Fiene. 'Bij ons zijn er bepaalde aanpassingen voor slechtzienden en ook voor doven, maar wij leren hetzelfde als jullie.'

'Oké,' zei ik en ik vroeg niet verder.

In de verte naderden twee opgeschoten jongens. Ze droegen allebei tenniskleren en hadden blijkbaar net een balletje geslagen. Uit hun sporttassen stak het handvat van hun tennisraketten. De grootste van de twee bleef even staan, enkele meters van de bank vandaan. Hij floot tussen zijn tanden.

'Hé, knappe griet, geen zin om een stukje mee te lopen?'

'Ach, man,' stootte de ander hem aan, 'laat zitten, zie je niet dat ze blind is?'

Druk pratend liepen ze door, zonder nog naar Fiene om te kijken.

'Lomperiken!' riep ik hen na.

Nu woog de stilte zwaar. Ik stond op om hen achterna te gaan.

'Laat maar,' zei Fiene rustig. Ze legde haar hand op mijn arm en duwde me zachtjes terug. 'Het is de moeite niet om je daarover druk te maken.'

'Makkelijker gezegd dan gedaan.'

'Het lukt me ook niet altijd,' gaf Fiene toe.

Ik stelde voor om iets te drinken op het terras van het buitenzwembad. Ze knikte, stond op en taste naar haar stok.

'Morgenmiddag kom ik hier weer terug,' zei ze. 'Dit is mijn lievelingsplekje, onder de bomen dicht bij de fontein.'

'Fontein?' Ik keek verbaasd om me heen.

'Daar ergens,' wees Fiene in de richting van de vijver.

Links van het eilandje stond inderdaad een fontein.

'Nog nooit opgemerkt,' zei ik.

'Ik zie met mijn oren,' lachte ze.

Toen we later samen aan een tafeltje bij het zwembad een cola dronken, voelde ik mijn arm tintelen op de plaats waar Fiene me had aangeraakt. De zon streelde mijn blote benen. Even sloot ik mijn ogen. Ik hoorde het gelach en het gespetter in het zwembad. We hadden het over van alles en nog wat. Ik keek naar de schapenwolkjes en zweefde mee. Niets stond een prachtige zomer in de weg.

11

Toen ik de volgende morgen opstond, leek het of ik in een nachtmerrie terechtkwam. Half slapend duwde ik de keukendeur open en verwachtte er mam te zien zitten aan het ontbijt. Het was acht uur en ze vertrok om halfnegen naar haar werk.

Toen ik de keukendeur openduwde, was het niet mam, maar overbuurvrouw Rachelle die koffie dronk aan onze tafel. Alleen. In een roze gewatteerde peignoir.

Dit moest een droom zijn en een kwaaie ook. Ik kneep in mijn arm en het deed behoorlijk pijn.

'Waar is mam?' vroeg ik. Mijn stem sloeg over.

'Olaf,' zei ze. 'Ik moet je iets vertellen. Ga even zitten.'

Mijn maag trok samen. Ik had het gevoel dat ik moest braken. Er was iets aan de hand.

Ze vertelde dat mam in het ziekenhuis lag. Vannacht was het vruchtwater gebroken, een teken dat de bevalling op gang zou komen. Te vroeg. Veel te vroeg. Pa was in paniek naar Rachelle gerend om haar te vragen die nacht bij mij te blijven. Daarna had hij mam in allerijl naar het ziekenhuis gebracht.

Duizend vragen spookten tegelijk door mijn hoofd. Waarom had ik niets gehoord? Waarom hadden ze mij niet wakker gemaakt? Leefde mam nog? Waar was de baby? Was er wel een baby?

'Een halfuurtje geleden heeft je vader gebeld,' ging Rachelle verder. 'Met je mam is alles goed. De baby is geboren, het is een broertje.'

'Maar dan is alles toch in orde,' zuchtte ik opgelucht.

'Nee,' antwoordde Rachelle. 'Ik weet niet goed hoe ik je dit moet vertellen, jongen. Ik ben daar niet goed in... Het kan zijn dat je broertje het niet haalt.'

Ik staarde zwijgend voor me uit. Ik kon het niet meer volgen. Mijn broertje was geboren, ongeveer twee en een halve maand te vroeg, en het zou nu al sterven. Hoe kon dat? Waarom was ik erbuiten gehouden? Ik wou mijn broertje zien. Was het al dood?

Misschien krijg ik dan toch een drumstel, flitste het heel even door mijn hoofd. Ik knalde meteen met mijn vuist tegen mijn kop om die gedachte te bannen.

'Ga zitten, Olaf. Wil je een glas melk?'

Rachelle reikte me een glas aan.

Ik wou geen melk. Mijn broertje wou ik zien.

'Ik wil naar het ziekenhuis,' zei ik.

Rachelle knikte.

'Je vader komt straks naar huis. Hij komt enkele spullen ophalen voor je mama. Misschien kun je dan met hem mee.'

'Hoe heet hij, mijn broertje?' vroeg ik aan Rachelle.

'Dat weet ik niet,' zei ze. 'Ik denk dat je ouders daar nog niet op voorbereid waren.'

Aan de nachtmerrie leek geen eind te komen. Ik had een broertje dat kon doodgaan en zelfs nog geen naam had.

Een halfuur later was ik helemaal aangekleed, had ik Netje verwittigd en zat ik nagelbijtend te wachten tot pa kwam.

Eindelijk hoorde ik de auto. Ik trok de voordeur open.

Pa zag er niet uit. Zijn ogen waren rood, hij had een stoppelbaard, zijn hemd was verkeerd dichtgeknoopt en hing uit zijn broek. Maar het ergste was de manier waarop hij keek.

'Olaf...' zei hij vermoeid.

'Ik ga met je mee, pa.'

Hij knikte en liep de keuken in. Hij bedankte Rachelle. Ze zei dat ze nog wou helpen als dat nodig was. Voor ze vertrok, wenste ze ons sterkte toe.

Ik hoorde pa telefoneren naar zijn werk. Hij vloekte een paar keer hard tegen de persoon aan de andere kant van de lijn.

'Hoe is het mogelijk,' zei hij toen hij inhaakte, 'dat je aan sommige mensen moet uitleggen dat je bij je vrouw en je zoontje wilt zijn.'

Hij ging naar boven. Ik keek toe hoe hij een koffer op het bed legde.

'Haal jij mams tandenborstel even uit de badkamer?' vroeg hij.

Ik deed wat hij vroeg en dacht er zelfs aan ook de tandpasta mee te nemen.

Al die tijd had pa nog niks gezegd over mam of over de baby.

'Pa, hoe zit het nu? Gaat hij dood?' vroeg ik zacht.

Hij keek me niet aan.

'Het kindje is te vroeg geboren. Bovendien is de bevalling niet zonder problemen verlopen. Vlak na de geboorte zag het er echt slecht uit. Maar toen ging het iets beter. De dokters zeggen dat er een redelijke kans bestaat dat hij het haalt. Je broertje ligt nu apart. In het ziekenhuis waar mam ligt, hebben ze gelukkig een aangepaste couveuseafdeling. Hij hoefde niet overgebracht te worden naar een ander ziekenhuis…'

'Wat is een couveuse?' vroeg ik.

Het klonk nogal gevaarlijk.

'Een afgesloten ruimte waar het warmer is dan in een gewoon bedje,' zei pa terwijl hij sokken in de koffer legde.

'Hoe gaat het met mam?' vroeg ik.

'Ze heeft het moeilijk.'

Hij klapte de koffer dicht. We gingen naar beneden en reden naar het ziekenhuis. De hele tijd zei hij geen woord.

12

We liepen eerst naar de kamer van mam. De baby lag niet bij
haar. Ik herinnerde me dat, toen tante Rika bevallen was, haar
baby altijd achter glas in een bedje had gelegen, zoals een vis
in een aquarium. Bij mam stond ook zo'n bedje, maar het was
leeg.

Mam lag in bed. Haar gezicht leek opgezwollen en ze had
wallen onder de ogen. Er hing een draad aan haar arm die verbonden was met een zak waarin doorzichtige vloeistof zat.

'Dat is een infuus, waardoor ik mijn voeding krijg,' zei
mam.

Ik boog naar haar toe om haar een zoen te geven. Het was
een hele tijd geleden dat ik dat nog spontaan had gedaan.

'Ik ben blij dat je er bent, Olaf. Ik geloof nauwelijks wat er
allemaal is gebeurd.'

Ze begon te huilen. Pa liep naar haar toe.

'Ik heb je kleren mee, en spullen om je te wassen en zo,' zei
hij onbeholpen.

Mam knikte.

'Ik wil de baby zien,' fluisterde ze.

'Ik ook,' zei ik.

Pa belde een verpleegster om mam in de rolstoel te helpen.
Het infuus ging mee aan een stok op wieltjes. Het leek me allemaal heel vreemd. Alsof ik in een film was terechtgekomen.
De verpleegster was lief en behulpzaam. Ze gaf mam een be-
moedigend klopje op de arm voor ze wegging.

Pa duwde de rolstoel en ik de stok op wieltjes. Op die manier liepen we met z'n drieën door de gang. Aan sommige
deuren hingen geboortekaartjes.

Waarom moest ons dit overkomen? dacht ik wrang.

Mam en pa hadden me erop voorbereid dat mijn broertje in een couveuse lag met allerlei snoeren en slangetjes die met machines waren verbonden. Ze hadden me uitgelegd dat dat nodig was omdat mijn broertje nog niet zelf kon ademhalen of eten. Nu kreeg hij extra zuurstof via een slangetje door de mond. Door zijn neusje ging een slangetje met voeding. Ze hadden erbij gezegd dat het geen aardig gezicht was. We duwden de dubbele deur van de couveuseafdeling open, liepen nog een stukje gang door en toen zag ik enkele kindjes in couveuses achter glas liggen.

Mam groette een man in het wit die wat verderop met iemand stond te praten en toen bleven we staan met onze neuzen tegen het glas.

'Dat is 'm,' wees pa.

Ik schrok hevig toen ik mijn broertje zag.

Zo klein. Een minimensje met zwart haar, gesloten oogjes, opgetrokken beentjes, gebalde knuistjes en met alleen een klein luiertje aan. En al die slangen en draden. Er waren draden door zijn neusje, door zijn mond, op zijn hoofd, op zijn borstkas, op zijn beentjes, op zijn armpjes... De slangetjes en draden waren verbonden met apparaten waaraan lichtjes flikkerden en cijfers oplichtten.

'Zo klein,' fluisterde ik. 'Net een popje.'

'Hij weegt 1.480 gram,' zei mam.

Ongeveer anderhalve kilo, dacht ik. Een pakje suiker van bij Netje Floep, en nog een half pakje erbij. Je kon het kindje zo in je hand leggen. Mijn keel was kurkdroog, ik kon amper slikken. Ik staarde ononderbroken naar dat kleine mensje dat daar lag. Hij leek helemaal niet op de slungelbroer van mijn droom. Ik zag het kleine buikje snel op en neer gaan.

'Jij woog drie en een halve kilogram bij je geboorte,' zei

mam. 'Waarom kon hij niet gewoon het goede moment af-
wachten? Heb ik iets verkeerds gedaan? Misschien komt het
door mijn leeftijd…'

Ze begon opnieuw te snikken.

De man in het wit kwam bij ons staan. Hij knikte ons toe en
boog toen voorover naar mam.

'Je hebt helemaal niks verkeerds gedaan,' zei hij. 'Met je leeftijd heeft het niets te maken. Zulke dingen gebeuren soms
zonder dat iemand het kan voorzien. Hij doet het trouwens
goed. Hij heeft zich hersteld van de moeilijke periode net na
de bevalling. Voorlopig is alles onder controle. Natuurlijk moeten we hem scherp volgen. Ik moet er nu vandoor, maar ik
kom vanmiddag nog eens bij jullie langs op de kamer. Tot
ziens.'

'Tot ziens,' zei mam.

'Dat was de kinderarts,' verduidelijkte pa.

'Ik wil naar binnen, ik wil hem aanraken,' zei mam.

'Mag dat dan?' vroeg ik.

'Ja,' knikte pa, 'maar er zijn strenge hygiëneregels: juwelen
uit, handen wassen met ontsmettende zeep, haar achter een
doekje, speciaal schoeisel, een mondscherm op en steriele kle-
dij aan.'

'Waarom kun je zo niet naar binnen?' vroeg ik.

'Omdat er dan gevaar is voor infecties. Je broertje heeft nog
niet genoeg weerstand opgebouwd om te vechten tegen vi-
russen of bacteriën. Een gewone verkoudheid kan verwikke-
lingen meebrengen en hem fataal worden.'

'We kunnen vragen of jij ook naar binnen mag,' zei mam.

'Nee,' zei ik beslist. Ik kon mijn broertje nu nog niet aanraken.

Ik zag hoe mam een tijdje later met de hulp van pa naast de
couveuse stond. Haar arm ging naar binnen door een klep in

het glas en ik zag haar vingertoppen over het lichaampje gaan. Het kindje bewoog en even deed het de ogen open. Mam glimlachte.

Het was op dat moment dat ik begon te huilen.

13

Pa en ik reden naar huis. We hadden allebei nauwelijks gegeten in het ziekenhuisrestaurant. De kleffe vol-au-vent had me
niet gesmaakt.

'Vanmiddag breng ik enkele papieren in orde voor de ziekte-
verzekering en voor het werk,' zei pa. 'Tegen vier uur ga ik terug naar mam.'

'Hoe lang blijft ze daar?'

'Nog een week, denk ik. Dan kan ze naar huis.'

'En de baby ook?'

'Nee, als alles goed verloopt, kan hij pas over een paar
maanden naar huis. Ongeveer op de dag waarop de geboorte
was voorzien. Of misschien vroeger. Alles hangt af van zijn ge-
wicht en of hij goed vooruitgaat.'

Hij reed onze straat in.

'Morgen ga je toch niet werken?' vroeg ik hem.

Pa schudde het hoofd. Hij zag er nog altijd even verfomfaaid
uit.

'Ik heb twee weken vakantie.'

We stapten uit.

'Pa, ik ga nog even naar het park. Ik kom op tijd terug.'

Ik was al bij de haag toen hij me terugriep.

'Mam vroeg of je er ook wilde over nadenken…'

'Waarover?'

'Over een naam voor je broer.'

Ik knikte.

Fiene zat niet op de bank. Ontmoedigd ging ik zitten. Misschien kwam ze niet. Misschien wilde ze me niet meer zien.

Dit was zo'n rotdag waarop alles verkeerd liep. Ik verborg mijn gezicht in mijn handen.

Plots voelde ik een stok tegen mijn been tikken.

'Olaf?'

'Ja.'

'Sorry, ik ben een beetje laat.'

Ze ging zitten. Ze droeg een wit topje en een kuitbroek. Haar haar hing zoals gewoonlijk los over haar schouders. De zonnebril had ze ook weer op.

'Je stem klinkt anders, Olaf. Is er iets?'

Ik vertelde haar alles. Van Rachelle in de roze peignoir tot mijn kleine, kwetsbare broertje in de couveuse.

Ze onderbrak me geen enkele keer.

'En hoe moet het nu verder?' vroeg ze.

'Als het goed gaat, kan hij over enkele maanden naar huis.'

Om ons heen ruisten de bomen zacht. De zon scheen. Verderop speelden enkele jongens van de wijk een partijtje voetbal. De wereld draaide verder alsof er niks was gebeurd.

'Hij heeft nog geen naam,' zei ik. 'Het is belangrijk, het moet een goede voornaam zijn. Ik dacht aan Ronaldo.'

'Die voetballer? En als hij later helemaal niet van voetbal houdt?'

'Tja...' Ik haalde de schouders op. 'Ik vind het zo moeilijk, namen zoeken. Bij elke naam die in me opkomt, zie ik het gezicht van iemand die ook zo heet. Hij mag absoluut niet Renaud heten.'

'Namen hebben een betekenis. Soms zijn het vervormingen van oudere namen uit een andere cultuur of tijd,' wist Fiene. 'Mijn tante weet daar veel van.'

'Wat betekent Olaf dan?'

'Ik heb het haar gisteren nog gevraagd,' glimlachte Fiene. 'Jouw naam betekent zoveel als *zoon van de voorvaderen*...'

'Ken je nog meer betekenissen van jongensnamen?'

'Oom Dries... Zijn naam komt van Andreas, wat *dapper* betekent.'

Fiene somde enkele namen op. Van sommige kende ze de betekenis, van andere was ze die vergeten. Ik luisterde met een half oor.

'Herhaal die laatste nog eens?'

'Gunnar, *strijder, vechter.*'

Gunnar... Ik herhaalde de naam enkele keren. De vechter. Dat was wat hij nu deed. Vechten voor zijn leven.

Toen ik tegen vieren thuiskwam, vulde pa aan tafel enkele papieren in. Hij keek nauwelijks op en vroeg ook niet wat ik ondertussen had gedaan.

'Bijna klaar,' zei hij. 'We kunnen zo weg. Wil jij er ook aan denken dat we straks een brood halen? We hebben niks in huis.'

'Oké... Pa, moet ik morgen naar Netje Floep?'

Pa zuchtte en haalde de schouders op.

'Je doet wat je wilt, Olaf. Eigenlijk hoef jij niet de hele dag in het ziekenhuis rond te hangen. Ik ben toch de hele tijd bij mam. Je kunt in de voormiddag werken en dan in de loop van de namiddag naar het ziekenhuis komen. Ik haal je wel op.'

'Maar stel nu... Stel dat er plots iets zou gebeuren met de baby en dat ik bij Netje ben, dan...'

'We houden je er niet buiten, jongen. Daar kun je op rekenen.'

Ik besloot om morgen gewoon naar Netje te gaan. Ik zag het niet zitten om een hele dag in het ziekenhuis te blijven. Die geur, die witte schorten overal. En vooral de angst dat mijn broertje plots niet meer zou bewegen...

Toen we bij mam aankwamen, zag ik dat tante Rika er ook was. Ze zat op het bed, dicht bij mam. Eloïse had ze thuis gelaten.

'De kleertjes die ik voor hem heb gekocht, zijn veel te groot,' snikte mam. 'Wat moet ik nu?'

'Er bestaan winkels die aangepaste kleertjes hebben,' wist tante Rika. 'Het kindje van mijn vriendin werd ook te vroeg geboren. Ik vraag haar het adres. In het weekend haal ik wel enkele pyjamaatjes voor... voor de baby.'

'Voor Gunnar,' zei ik.

Pa keek verrast op.

'Je had me nog niet verteld dat je een naam had gevonden, Olaf.'

Mam hield op met snikken. Haar lippen bewogen, het leek alsof ze de naam proefde.

'Het betekent *vechter*,' zei ik.

'Pa en ik zullen er ernstig over nadenken,' fluisterde mam. Ze snoot haar neus.

'Wat doen we met de geboortekaartjes?' vroeg pa haar.

'Ik heb nu geen behoefte aan bezoek,' zei mam. 'En bovendien weten we nog altijd niet of alles in orde komt.'

Ik dacht aan tante Gwendoline en kon me levendig voorstellen dat mam niet uitkeek naar haar komst.

'Je kunt nog even wachten,' stelde tante Rika voor. 'Als het kindje naar huis komt, kun je nog altijd een kraamfeest geven. Ik steek dan wel een handje toe.'

'Ik ben bang,' zei mam, 'dat er helemaal geen feest komt.'

Tante Rika klopte mam zachtjes op de arm.

'Kunnen we naar hem toe?' vroegen pa en ik tegelijk.

We stonden op. Tante Rika hielp mam en we gingen naar mijn broertje.

Ik drukte mijn gezicht tegen het glas. Het leek alsof hij nog kleiner was geworden.

'Hou vol, Gunnar,' fluisterde ik zo zacht dat niemand het kon horen. 'Ik ben het, je broer. Over een paar jaar mag je aan mijn drumstel zitten. Als je voorzichtig bent.'

Ik wuifde, maar de oogjes bleven de hele tijd gesloten.

14

Het was nu al tien dagen geleden dat mijn broertje onver-
wacht was geboren. De dagen vlogen om. In de voormiddag
werkte ik bij Netje, in de namiddag zag ik Fiene, behalve als
het regende. De rest van de dag ging ik samen met mam en pa
naar het ziekenhuis. Mam was al twee dagen thuis en ze huilde niet meer zo vaak. Ze was zelfs in de wolken met de kleine
kleertjes die ze van tante Rika kreeg.

Mam had me verteld dat het heerlijk was om met de baby te
kangoeroeën. Dan nam zij of pa mijn blote broertje op hun
blote borst, met een dekentje om hem heen. Mam zei dat hij
daar echt kon van genieten. Lekker veilig in de buidel, zoals
een kangoeroebaby.

Gisteren hadden mam en pa me gezegd dat ze eindelijk een
voornaam hadden gekozen. Gunnar. Ik had gegloeid van trots
toen ze het me vertelden en had het gevoel dat dat kleine wezentje nu ook een beetje van mij was.

Vandaag had ik een kaartje gekregen van Willi, met voorop
een foto van een kajak op een woeste rivier. Op de achterkant
had hij geschreven:

Hoi maat,

*Het is hier keigaaf! Jammer dat je er niet bij bent. Verveel je je te pletter? Wees
gerust, binnenkort gaan we er weer tegenaan. Ik heb een knalidee voor Renaud...*

Zonnige groetjes,

Willi

Ik zette het kaartje op mijn bureau. Ik vroeg mij af hoe Willi zou reageren op Fiene. En op mijn broertje. Fiene vond trouwens dat ik eerlijk moest zijn tegen Willi en hem moest vertellen dat het drumstel er voorlopig niet kwam.

Ik keek door het raam van onze woonkamer. Het regende nu al de hele dag. Dat betekende dat ik Fiene weer niet kon zien. Gisteren en eergisteren was het er ook niet van gekomen. Ze was een tweetal dagen naar huis geweest en kwam vandaag terug naar haar tante.

Het was drie uur in de middag en mam en pa waren zoals gewoonlijk in het ziekenhuis. Tegen vijf uur zou pa mij komen halen. De stripverhalen konden mij niet boeien. Ik besloot op tv naar de Ronde van Frankrijk te kijken.

Ik schrok toen een auto met piepende banden voor ons huis tot stilstand kwam. Het was de auto van tante Rika.

Ik haastte me naar de voordeur.

'Je ouders hebben me opgebeld,' hijgde ze. 'Het is je broertje. Hij heeft heel hoge koorts. Waarschijnlijk een ernstige infectie aan de longen.'

Ik greep mijn jas en nam zelfs de tijd niet om de tv af te zetten.

Tante Rika reed onvoorzichtig snel. Ze leek zelf ook helemaal ondersteboven.

'Maar hoe kan dat?' riep ik. 'Alles was toch in orde? Waarom moet er nu verdomme weer iets gebeuren? Heeft hij het nog niet moeilijk genoeg misschien?'

'Rustig, Olaf. De dokters doen wat ze kunnen. Ze hebben hem antibiotica toegediend, zei je mama.'

Tante Rika reed het parkeerterrein van het ziekenhuis op.

Gunnar lag niet op de afdeling waar hij gisteren nog had gelegen. Hij lag nu op intensive care. Er hingen nog meer slangen en buisjes op zijn kleine lichaampje.

Tante Rika verdween. Ze schudde het hoofd toen mam zei dat ze wel mocht blijven.

'Ik wacht wel in de gang.'

Het was vrij druk op deze afdeling. Voortdurend liepen mensen in witte jassen af en aan. Er werd vaak overlegd. Verderop stond een vrouw hardop te huilen.

Mam en pa hielden elkaar vast terwijl ze naar Gunnar keken. Hij zag er heel bleek uit. Ik kon de adertjes aan de slapen zien. Je kon haast door hem heen kijken. De smalle armpjes en beentjes bewogen onrustig.

'Heeft hij pijn?' vroeg ik.

'Hij is aan het vechten,' fluisterde mam.

'We hebben je laten komen, Olaf,' zei pa moeilijk, 'omdat het kan zijn dat hij er morgen niet meer is.'

We stonden zwijgend naast elkaar. Op een bepaald moment begon een van de apparaten hard te piepen.

Mam en pa raakten in paniek. De kinderarts kwam aangesneld, controleerde het apparaat en regelde het bij.

'Dat kan nog wel een keer gebeuren,' legde hij uit. 'Het is het signaal dat de ademhaling niet goed verloopt en dat we extra zuurstof moeten geven.'

Het drong nauwelijks tot me door dat pa zei dat hij en mam die nacht in het ziekenhuis zouden blijven en dat ik met tante Rika mee moest.

Versuft liep ik achter tante Rika aan. Het was allemaal heel onwerkelijk.

'Ik breng je naar huis, Olaf. Neem je tijd om je logeerspullen te pakken. Over een halfuurtje kom ik je halen.'

'Ik kom wel te voet,' zei ik. Ik had behoefte aan frisse lucht. Tante Rika en oom Wout woonden niet zo ver van ons.

Het was akelig stil. Ons huis lag er helemaal niet netjes bij. Ik hoorde tante Rika wegrijden. Trede voor trede ging ik naar boven. Nooit eerder was iemand die ik kende zo dicht bij de dood geweest. Mijn grootouders van moederskant waren vroeg gestorven door een auto-ongeval, maar dat kon ik me amper meer herinneren.

Ik balde mijn vuisten. Als Gunnar doodging, zou ik nooit achter een drumstel kunnen zitten zonder aan hem te denken. Het was door en door slecht dat ik ooit had gewenst dat hij er niet kwam. Misschien was het allemaal wel mijn schuld.

Ik liep mijn kamer binnen. Het eerste wat ik zag, was de prentkaart van Willi.

Met mijn vlakke hand sloeg ik op het bureau. Het was helemaal mijn schuld niet. Het was Renaud en wat hij allemaal had gezegd over mijn vader en over de baby. Hij had mijn broertje een monster genoemd.

Opeens wist ik wat me te doen stond. Renaud woonde maar een paar straten ver.

15

Ik stond voor het koele, witte doktershuis naar het goudkleurige naambordje te kijken: DOKTER GOEDESEUNE, HUISARTS. Het huis lag midden in een chique woonwijk en had een grote voor- en achtertuin. Ik zag dat de fiets van Renaud tegen de zijgevel stond. Waarschijnlijk was hij thuis. Ik wist dat je via de zij-ingang in de wachtzaal kwam en dat de voordeur voor 'privé-zaken' was, zoals Renaud dit jaar uitgebreid had uitgelegd in de klas.

Ik kom duidelijk voor 'privé-zaken', dacht ik grimmig en ik belde aan.

Het duurde een tijdje en ik was net van plan een tweede keer aan te bellen, toen de deur openging. Het was Renaud zelf.

'Wat doe jij hier?' vroeg hij stomverbaasd.

'Ik kom je iets geven,' antwoordde ik en gaf hem meteen een vuistslag in zijn maag.

Hij vouwde dubbel en stootte een dierlijke schreeuw uit.

'Dit is van Gunnar,' zei ik en schopte keihard tegen zijn scheenbeen. Hij viel en begon zijn vader te roepen.

Ik wou me uit de voeten maken, maar hij greep mijn been en ik viel voorover. Hij plofte boven op mij. We grepen elkaar bij de haren en schoppend en schreeuwend rolden we door de gang. De paraplubak viel kletterend om.

'Hou daar onmiddellijk mee op! Renaud! Wat heeft dit te betekenen?!'

Een rijzige man met een witte schort aan en een stethoscoop om zijn nek haalde ons uit elkaar.

'En nu gaat een van jullie mij vertellen wat hier aan de hand is.'

Er droop bloed uit mijn neus. De dokter gaf me een papieren zakdoekje. Ik vertelde hem alles zoals het was gebeurd. De reden van de vechtpartij in de gymles, de wraak met de cola, de venijnige woorden van Renaud over mijn broertje, datzelfde broertje dat nu voor zijn leven vocht...

Al die tijd had de dokter kalm geluisterd. Renaud stond te mokken en over zijn pijnlijke schouder te wrijven. Plots stak een oudere vrouw haar hoofd de gang in. De deur van de praktijkruimte stond open.

'Ik kom dadelijk, mevrouw Crets. Nog even geduld.'

De dokter deed de deur zachtjes dicht. Toen hij zich omdraaide, verwachtte ik een enorme uitbrander.

'Het spijt me van je broertje,' zei hij rustig. 'Ik keur absoluut niet goed wat Renaud gezegd heeft. Hij heeft een heel ander verhaal opgehangen van wat er in de gymles is gebeurd. En van wat hij verder tegen jou heeft gezegd, wist ik ook niets. Bied je excuses aan, Renaud.'

Renaud mompelde iets dat op sorry leek en staarde strak naar de grond.

'Met knokpartijen en cola gieten los je niets op,' zei hij tegen mij. 'Ik wil geen vechtersbazen meer aan mijn deur.'

Hij zweeg even.

'Kunnen jullie geen vrede sluiten?'

Ik knikte. Maar achter mijn rug hield ik de vingers gekruist. Als Renaud opnieuw de draak stak met mijn broertje, zou ik hem weer in elkaar slaan.

Renaud draaide zich om en ging naar boven.

Over het gezicht van de dokter gleed een schaduw.

'Renaud heeft het momenteel helemaal niet makkelijk,' zei hij terwijl hij me uitliet.

Die woorden bleven nog een tijdje hangen. Ik vroeg me af wat de dokter daarmee had willen zeggen.

Toen ik die avond bij tante Rika naar het nieuws zat te kijken, ging de telefoon. Tante Rika schrok.

'Neem jij op, Wout?' zei ze met een onvaste stem.

Het bleek een collega te zijn van ooms werk. Tante Rika en ik keken elkaar aan. We hadden allebei hetzelfde gevreesd.

16

De volgende ochtend werd ik wakker doordat iets over mijn bed kroop en aan mijn oren trok.

'Wakker worden!' gilde een meisjesstem.

'Zo, hier ben je, Eloïse. Ik had je toch gevraagd Olaf niet wakker te maken!' berispte tante haar.

'Hij was al wakker,' zei Eloïse met klem.

Toen wist ik weer waar ik was. In de logeerkamer van tante Rika en oom Wout.

Ik ging rechtop zitten.

'Is er nog nieuws?' vroeg ik meteen.

'Zijn toestand is niet slechter geworden,' zei tante Rika. 'Er is hoop.'

'Wil je toast of cornflakes?' zeurde Eloïse terwijl ze aan mijn hand trok.

Ik stond op en besefte dat ik gisteren nauwelijks had gegeten.

Aan tafel zat Eloïse me nieuwsgierig aan te staren in haar kinderstoel.

'Dit is Japie,' zei ze en ze drukte een groezelige teddybeer tegen me aan.

'Dag Japie.' Ik schudde hem de poot.

Eloïse lachte.

'Breng ik je straks naar Netje?' vroeg tante. 'Het is je laatste week, zeker?'

Ik knikte.

De laatste week. Dat deed me eraan denken dat Willi aan het eind van deze week thuiskwam. Ik had hem heel wat te vertellen.

'Je pa belt vanmiddag op. Dan horen we wel hoe het is.'

Buiten regende het pijpenstelen. Ik moest Fiene het telefoonnummer van haar tante eens vragen. Dan kon ik misschien eens bij haar langslopen.

Netje was met het verkeerde been uit bed gestapt. Ze had last van reuma en het leek of ik die voormiddag niks goed kon doen.

Ik was dan ook maar wat blij toen het middag was en ik aan de keukentafel van tante Rika's befaamde groentetaart mocht eten.

Eloïse haalde haar neus op en zei wel drie keer: 'Dit lust ik niet. Er zitten vieze dingen in.'

'Dat kleine stukje moet op,' zei tante streng. 'Anders krijg je geen dessert.'

Toen tante even niet keek, gooide ze snel de rest van haar portie in mijn bord.

'Op!' zei ze en liet haar moeder triomfantelijk haar lege bord zien.

'Prima, Eloïse. Je eet goed als Olaf in de buurt is.'

Ze ging naar de kast om een koek te nemen.

Eloïse en ik lachten elkaar samenzweerderig toe.

Pa belde op zoals hij had beloofd. Hij had goed nieuws. Gunnars koorts was flink gezakt. Hij zou mij vanmiddag komen halen.

Pa had zich geschoren en leek weer een beetje op de pa van voor Gunnars geboorte.

'De dokters zeggen dat hij vooruitgaat. Je mam wil nog niet echt geloven dat hij aan de beterhand is. Al twee keer heeft ze als het ware afscheid van hem moeten nemen. Maar iedere keer komt hij erbovenop. De angst dat het weer mis kan gaan, zit er bij mam diep in.'

'En wat denk jij?'

'Hij haalt het wel,' knikte pa overtuigd.

'Als jij er zo over denkt, dan ik ook,' zei ik.

Pa kon weer glimlachen.

'Ach, jongen. Het zijn de zwaarste dagen van mijn leven geweest.'

'Straks komt Gunnar thuis,' wist ik.

Pa zweeg en ik zag dat hij de juiste woorden zocht. Hij parkeerde de auto op het parkeerterrein van het ziekenhuis, maar stapte niet meteen uit.

'We hebben al een paar gesprekken gehad met de kinderarts,' begon pa. 'Het is mogelijk, Olaf, dat er geen verschil is tussen je broertje en iemand van dezelfde leeftijd die niet vroegtijdig is geboren. Misschien heeft hij wel iets meer tijd nodig om te leren lopen, spreken...'

'Dan doet hij dat maar een beetje later,' zei ik.

'Maar er is nog iets,' ging pa verder. 'Bij de geboorte zijn een paar dingen fout gelopen. Misschien zal over een tijdje duidelijk worden dat Gunnar nooit wordt zoals de anderen, dat hij bepaalde dingen nooit even goed zal kunnen...'

'O...' mompelde ik. Ik had even tijd nodig om dat te verwerken. Het deed me ergens aan denken, aan iets wat iemand onlangs tegen me had gezegd.

Pas die avond in bed wist ik het weer. Meneer Wimmel met zijn kabouterleger. *De wereld is hard, jongen, voor wie niet is zoals de anderen.* Hij had zich uit het leven teruggetrokken.

Ik moest ook denken aan de jongens met hun tennisspullen in het park. Met blinde meisjes ging je niet op stap.

Wat zou er van mijn broertje worden als hij niet was zoals iedereen?

Fiene, dacht ik, deed gewoon de dingen die anderen ook de-

den. En als het nodig was, kon ze flink van zich af bijten. Trouwens, dacht ik voor ik in slaap viel, Gunnar zal altijd op zijn grote broer kunnen rekenen.

17

Enkele dagen later stonden Fiene en ik voor de ingang van de schaatsbaan. Het was haar voorstel geweest om samen te gaan. Haar tante had ons gebracht en zou ons over enkele uren weer ophalen.

Toen ik het thuis had gezegd, had pa verdacht gelachen en iets gemompeld over de puberteit.

We gingen naar binnen en ik hielp Fiene met het uitzoeken van de geschikte schaatsen, maar ik zorgde ervoor dat ik niet overdreef, want daar had ze een hekel aan.

'Geef me je hand,' zei ze toen we de schaatsen ondergebonden hadden.

Ik stond wat te stuntelen, maar slaagde er toch in ons veilig naar de baan te loodsen.

Buiten was het heet en de koele lucht kwam ons dan ook aangenaam tegemoet. Het was gelukkig nog niet al te druk. Voorzichtig hielp ik Fiene het ijs op.

'Ik ben niet zo'n vlotte schaatser,' waarschuwde ik.

Het was jaren geleden.

'Mijn moeder en ik gaan af en toe,' zei Fiene.

Ze greep de boord vast en begon voorzichtig te schaatsen met één hand aan de boord en één hand voor zich uit. Ik ging haar achterna en kneep mijn ogen dicht. Hoe zou het voelen om te schaatsen in het donker?

'Hé, kijk uit, wil je?' riep een knorrige kerel toen ik onzacht tegen hem aan botste.

'Lukt het?' vroeg Fiene en ze bleef even staan.

Ik klemde me achter haar aan de boord vast. Uit de luidsprekers schalde hippe muziek. Onze ellebogen raakten elkaar.

'Olaf,' vroeg ze plots. 'Laat je me weten wanneer je broertje

naar huis mag? Dan kom ik eens langs.'

'We weten het nog niet precies. Maar in de herfstvakantie is er een kraamfeest en jij bent ook welkom. Dan kun je hem eens zien.'

Ik kon mijn tong wel afbijten om wat ik gezegd had, maar Fiene lachte.

'Ik zal je broertje niet kunnen zien, maar ik zou hem graag eens vasthouden. Dan weet ik ook hoe hij eruitziet.'

Het bleef even stil.

'Weet jij eigenlijk wel hoe ik eruitzie?' vroeg ik haar.

'Ik stel me voor dat je groot en gespierd bent, blauwe ogen hebt en halflang blond haar…. Klopt het ongeveer?'

Een angstgevoel bekroop me.

'Niet helemaal,' zei ik zwakjes.

'Ik plaag je maar wat,' lachte ze.

Toen werd ze weer ernstig.

'Ik heb het je eerder willen vragen. Mag ik eens voelen hoe je eruitziet?'

'Ja, natuurlijk.'

Haar vingers reikten naar mijn gezicht. Ze gingen over mijn voorhoofd, woelden zachtjes door mijn haar, gleden langs mijn neus, oren en lippen naar beneden, over mijn hals, en bleven toen rusten op mijn schouders. Ik had het ondertussen heel warm gekregen.

'Welke kleur hebben je haren en je ogen?'

'Zwart en groen,' antwoordde ik.

'Zo. Nu weet ik hoe je eruit ziet,' knikte ze tevreden en ze draaide zich om om verder te schaatsen.

Mijn gezicht tintelde nog na toen die kerel van daarstraks bars vroeg of ik even opzij wilde gaan. Ik liet hem passeren en zag hoe hij zich krampachtig vasthield aan de boord om drie tellen later met een gil op zijn achterwerk neer te komen.

Toen ik het Fiene vertelde in de cafetaria, schaterde ze het uit. We hadden nog een kwartiertje voor haar tante kwam.

'Ik ben blij dat je broertje het zal halen,' zei ze.

'Ik ook.'

Ik vertelde haar dat Gunnar ondertussen niet meer op intensive care lag. En dat hij goed aankwam.

'Heb je hem al vastgehouden?'

'Nee, nog niet.'

'Waarom niet?'

'Ik durf het niet…'

'Ben je bang dat je hem laat vallen?'

'Nee, dat is het niet…'

Ik wist zelf ook niet wat me tegenhield, maar het deed me denken aan het zielige, magere poesje dat helemaal onder de vlooien en de teken zat en dat ik ooit in het kreupelhout had gevonden. Ik had het toen gekoesterd en geaaid, in de warmte gehouden, alle teken een voor een met een pincet uit zijn pels gehaald, hem Sloefie gedoopt, hem te eten en te drinken proberen te geven… Maar op een morgen had Sloefie dood in zijn mand gelegen.

'Je moet het proberen,' zei Fiene. 'Als je hem niet durft vast te houden, begin dan met strelen. Gunnar zal het prettig vinden.'

'Daar twijfel ik niet aan,' antwoordde ik.

18

Die zondagmorgen belde ik aan bij Willi. Hij had zijn pyjama nog aan.

'Hoi,' geeuwde hij terwijl hij zich uitrekte. 'Je hebt je zeker verveeld?'

'Zet je schrap, Willi, ik heb je heel wat te vertellen,' antwoordde ik.

We gingen naar zijn kamer. Met open mond luisterde hij naar mijn verhaal over de plotse geboorte van Gunnar, over mijn ontmoeting met Fiene en over het gevecht met Renaud en de reactie van zijn vader.

'Vertel nog eens hoe je Renaud op zijn bek gaf,' zei hij gretig.

'Het was nogal heftig. Ik ben er niet echt trots op, Willi.'

'Oké, dan niet,' zuchtte hij.

'De woorden van Renauds vader spoken al een tijdje door mijn hoofd. Ik vraag me af waarmee Renaud het zo moeilijk kan hebben.'

Willi haalde de schouders op.

'Misschien heeft zijn vader hem een nieuwe racefiets beloofd en krijgt hij die niet, of misschien mag hij toch niet mee op ponykamp...'

Hij geeuwde.

'Ach, ik heb geen zin om daarover na te denken,' mompelde hij.

Ik plofte naast hem neer op het bed.

'Was het kajakken leuk?'

'De hele reis was gewoon fantastisch, Olaf. Op een keer sloeg onze kajak om. Gert en ik kwamen in het water terecht. Ma stond te gillen op de oever. Daarna mochten we van haar het bootje niet meer in. Gelukkig kon pa haar overtuigen.'

Willi ratelde maar door. Ik dacht aan de muziekkamer die er niet kwam. Misschien kon ik het hem nu maar beter vertellen.

'... 's Nachts sliepen Gert en ik in een tentje naast de caravan. De voorlaatste nacht slopen we met een zaklantaarn naar buiten. Het was Gerts idee. Keigaaf, Olaf. Maar eerlijk gezegd, deed ik het bijna in mijn broek. Gert heeft wel vaker maffe ideeën.'

Ik dacht aan mijn broertje. Misschien konden we later ook gekke dingen uithalen samen. Zoals boter aan de deurklinken smeren op 1 april. Dit jaar was pa heel boos geworden. Zijn mooiste das had onder de vetplekken gezeten. Maar met z'n tweeën stond je sterker. Zoals Willi en zijn broer.

'Maken jullie dan nooit ruzie?' vroeg ik.

'O jawel. Hij vond dat mijn voeten altijd op zijn luchtmatras lagen. En ik had een hekel aan zijn gesnurk. Op een avond kregen we hevige ruzie. Hij gooide me uit de tent.'

'En toen?'

'Ik ging gewoon weer naar binnen om verder te pitten. Maar niet voor ik zijn luchtmatras leeg had laten lopen,' grijnsde Willi.

Hij stond op en liep naar de kast.

'Gert valt best mee,' zei hij en hij liet me de twee T-shirts zien die zijn broer voor hem gekocht had. Willi gaf er een aan mij. Het andere trok hij over zijn pyjama aan.

'Ik heb mijn gitaar gemist,' zei hij en hij pakte zijn instrument, dat in een hoek van de kamer stond.

Dit was het moment.

'Willi, ik moet je iets vertellen,' begon ik.

Hij keek me vragend aan.

'Ik had het je al veel eerder moeten zeggen. Onze muziekkamer komt er niet.'

Het bleef stil. Ik hoorde hoe beneden iemand de rolluiken optrok.

'Waarom niet?' vroeg Willi terwijl hij de gitaar weer in de hoek zette.

'Gunnar. Het wordt zijn slaapkamer. De eerste maanden wordt er in ons huis zelfs helemaal niet gedrumd en ook geen elektrische gitaar gespeeld.'

Het was eruit. Willi zweeg.

'Zijn we nu gesplit?' vroeg ik.

'Wat?'

'Wel, zo heet dat toch als muziekgroepen uit elkaar gaan?'

Willi krabde zich in het haar.

'Misschien vind ik er iets op.'

Hij keek alsof hij een moeilijk vraagstuk moest oplossen.

'De kamer van Gert is groot genoeg,' zei hij na een tijdje.

'En Gert dan?'

'In de week staat zijn kamer leeg. En in het weekend komt hij minder vaak naar huis sinds hij een vriendin heeft. Als mijn ouders het goedvinden, en Gert natuurlijk ook, kunnen we zijn kamer inrichten voor The Pigs. Er is plaats genoeg.'

'Keigaaf!' riep ik. 'Dan komt er toch een drumstel.'   .

'Ik heb het nog niet gevraagd,' zei Willi snel.

'Misschien kunnen we er nog een piano aan toevoegen,' probeerde ik.

'Geen sprake van!' riep Willi heftig. 'The Pigs en pianomuziek gaan even goed samen als tandpasta op pizza...'

'Oké,' zei ik, 'het was maar een vraag.'

Willi keek me nu aandachtig aan.

'Je hebt het wel goed te pakken, hé, van dat meisje.'

Ik zei niets, maar kleurde rood. Dat was een antwoord op zijn vraag.

'Zal ik voor jullie eens een liedje spelen?' plaagde hij.

Ik gaf hem een stomp in zijn maag.

We gingen naar beneden. Willi had honger. Op de trap hield hij me even tegen.

'Waarom heb je me dat eigenlijk niet eerder gezegd?'

Ik keek naar een schilderij dat in de hal hing. Een doodlopend straatje. In de linkeronderhoek zat een jongetje met een draaitol. Het leek of niemand met hem wou meedoen.

'Ik was bang dat je een andere drummer zou zoeken,' antwoordde ik.

'Ben je getikt?' vroeg Willi boos.

Ik was meteen gerustgesteld.

19

De eerste dag van augustus was snikheet. Het kwik steeg tot bijna dertig graden. Pa was gaan werken. Mam stond op het punt naar het ziekenhuis te gaan. Met Gunnar ging het steeds beter. Gisteren had ik hem nog gezien. Een aantal slangetjes was verdwenen. Hij begon meer en meer op een gewone baby te lijken.

'Kijk wat tante Rika voor Gunnar heeft gekocht.'

Ze liet me een lichtblauwe pyjama met witte olifantjes zien.

Ik keek nauwelijks op van mijn stripverhaal. Mam stak de pyjama in een plastic zak.

'Er staat spaghettisaus in de koelkast,' zei ze. 'De pasta is al gekookt. Eet ook wat fruit.'

'Hm.'

'Rond elf uur kun je de was uit de wasmachine halen en buiten ophangen. Dan zijn de spullen vanavond droog. Weet je waar het mandje met de wasknijpers staat?'

'Op dezelfde plaats als gisteren, zeker,' zei ik.

'Met deze hitte moet je ook genoeg drinken, Olaf.'

'Mam, ik ben bijna twaalf! Ik kan best voor mezelf zorgen,' riep ik geïrriteerd.

Mam keilde haar koffiekopje op het aanrecht.

Ik schrok.

Ze draaide zich om.

'Ik had het ook allemaal liever anders gehad,' zei ze.

Ze ging naar buiten. De plastic zak met de pyjama bleef op tafel liggen.

De auto stond met draaiende motor voor onze garagepoort. Het leek of ze nog even op me had gewacht. Ik tikte op haar raampje. Ze draaide het omlaag.

'Hier,' zei ik. 'Je hebt de pyjama vergeten.'

Ze legde de zak naast zich neer en leek te aarzelen om het raampje weer dicht te draaien.

'Straks eet ik een berg fruit,' zei ik.

Ze glimlachte.

'Soms wordt het me even te veel, Olaf.'

Ze keek voor zich uit en tikte met haar nagels op het stuur.

'Als ik niet bij Gunnar ben, voel ik me schuldig. En als ik wel bij hem ben, dan denk ik aan wat ik thuis nog allemaal moet doen. Ik heb ook veel te weinig tijd voor jou nu.'

'Dat is niet erg, mam,' antwoordde ik. 'Zit daar maar niet over in.'

'Wat doe je vanmiddag?' vroeg ze.

'Willi en ik gaan zwemmen.'

Mam zette de auto in zijn achteruit.

'Geef Gunnar een knuffel van me,' zei ik nog.

'Dat doe ik. Wanneer ga je hem eens zelf vasthouden?'

'Dat komt nog wel, mam...'

Ze wuifde.

'Vergeet de zonnecrème niet als je gaat zwemmen,' zei ze voor ze het raampje omhoog draaide.

Willi en ik liepen door het park. Het was twee uur in de middag en de zon brandde in onze nek. Willi had zijn pet aan. Ik had niet meer aan de zonnecrème gedacht.

'Het drumstel kan bij Gert op de kamer,' zei Willi. 'Alleen op zondagmiddag mogen we nooit spelen. Dan houdt pa zijn middagslaapje.'

'We kunnen enkele keren per week samenkomen, ook op zaterdag,' zei ik. 'Wat zei Gert trouwens?'

'Die vindt het goed zolang we maar niet in zijn kasten neuzen.'

Ik maakte een vreugdesprongetje.

'Ik kan nauwelijks wachten, Willi.'

We liepen voorbij de bank waar ik Fiene voor het eerst had gezien.

'Hier zat ze gewoonlijk,' zei ik.

'Wie?'

'Fiene.'

'Waar is ze nu?'

'Weer naar huis,' zuchtte ik. 'Ze logeerde maar voor een maand bij haar tante.'

'Schrijven jullie elkaar?' vroeg Willi. Nog voor ik kon antwoorden, zei hij: 'Ach ja, dat kan natuurlijk niet…'

'We sturen elkaar cassettes,' zei ik.

'Handig,' zei Willi, 'zou ik ook beter doen. Gegarandeerd geen schrijffouten.'

Hij stootte me aan.

'Kijk, wie we daar hebben!'

Mevrouw Kimpe kwam onze richting uit. Ze droeg een donkergroene short en haar witte benen staken er nogal fel tegen af. Ze had een grote hond aan de leiband en droeg een pet met daarop de letters USA. Waarschijnlijk van haar zoon.

Dit was niet de mevrouw Kimpe die we gewoon waren. Directrices hoorden achter een bureau thuis. Misschien hield ze er in de vakantie mee op directrice te zijn en liep ze ons nu wel straal voorbij.

'Dag Willi. Dag Olaf,' groette ze.

Ze gaf een rukje aan de leiband.

'Hallo, mevrouw Kimpe.'

We bleven even staan. De hond ging liggen met de tong uit de bek.

'Hij heeft een beetje last van de warmte,' zei ze.

'Wij gaan zwemmen,' legde Willi uit. 'Wat moet je anders met deze hitte?'

'Het is zeker geen weer om sommen te maken,' lachte ze.

Ze keek me aan.

'Hoe gaat het nu met je broertje, Olaf?' vroeg ze.

In een dorp als het onze wist iedereen altijd alles.

'Beter,' zei ik. 'Er zitten al veel minder draadjes aan hem vast.'

'Het komt wel goed,' knikte ze.

Haar hond begon te janken.

'Hij heeft dorst. Ik ga ervandoor, jongens.'

Ze hield de hond nog even tegen.

'Veel succes volgend schooljaar... En, Olaf, Renaud gaat toch niet op internaat. Hij komt waarschijnlijk bij jou op school.'

Ik haalde de schouders op.

'Hebben jullie nog ruzie?' polste ze.

'Alles is uitgepraat,' zei ik.

Het was maar een halve leugen.

Ik vroeg het haar opeens: 'Wat is er eigenlijk aan de hand met Renaud?'

Ze gaf weer een rukje aan de leiband en keek me ernstig aan.

'Misschien moet je hem dat zelf maar eens vragen,' antwoordde ze.

20

De jeuk op mijn neus en op mijn schouderbladen was onbe-
schrijfelijk. Ik wreef erover. Er bleven een paar velletjes aan
mijn vingertoppen hangen. Ik gooide de lakens van me af en
stond op.

Mijn spiegelbeeld in de badkamer had een rode, blinkende
neus.

'Ik had je nog zo gezegd zonnecrème mee te nemen,' zuchtte mam aan de ontbijttafel. 'Moet ik dan echt alles voor iedereen klaarzetten?'

Er hing een bui in de lucht.

Ik kon maar beter zwijgen. Ik goot cornflakes in mijn bord.

Pa zette zijn kopje in de vaatwasser en pakte een stoel.

'Misschien moeten we er met z'n allen maar eens een dagje
tussenuit,' stelde hij voor. 'Onze batterijen opladen.'

'En Gunnar dan?' vroeg mam. 'Ik mag er niet aan denken dat
hij daar de hele dag alleen ligt.'

'Tante Rika kan deze voormiddag langsgaan. Het ziekenhuis
heeft ons GSM-nummer. Ze kunnen ons altijd bereiken.'

'Ik weet het niet,' aarzelde mam.

'Het zal ons goeddoen,' ging pa verder. 'Vanavond zien we
Gunnar terug.'

Mam veegde de tafel af.

'Goed,' zei ze. 'Waar wil je naartoe, Olaf?'

'Naar zee!' riep ik uit.

Mam lachte.

'Maar dan wel met zonnecrème factor 20 aan je neus,' waarschuwde ze.

Met een broodje in de hand stond ik op de pier. Mam en pa lagen te zonnen op het strand. Dat was niks voor mij en bovendien was mijn neus al genoeg verbrand. Onder mij hoorde ik de golfslagen. Ik kon uren naar de zee kijken. En naar de meeuwen.

Ik brak een stukje brood af en gooide het op. Nog voor het in het water terechtkwam, scheerde een meeuw langs. Ik gooide nog een keer. Die vogels lustten een broodje krab blijkbaar wel.

Op de pier stonden enkele mensen te vissen. Die jongen daar in de verte leek een beetje op Renaud. Ik liep naar hem toe.

Op een afstand bleef ik staan. Het was Renaud.

Ik herinnerde me dat hij er in de klas over had opgeschept. Twee weken vakantie op een luxueus appartement in Oostende.

Ik kon van alles doen. Zijn emmer omgooien, hem een trap geven zodat de hengel uit zijn handen viel of hem gewoon voorbijlopen.

Niets van dat alles deed ik. Traag liep ik naar hem toe.

'Al veel gevangen?' vroeg ik.

Met een ruk draaide hij zich om.

'Wat doe jij hier?' zei hij verbaasd.

'De zee is voor iedereen,' zei ik fijntjes.

'Zo bedoel ik het niet.'

Hij keek stuurs naar het water.

'Gewoon, een dagje aan zee,' ging ik verder. 'En jij? Op een appartement?'

'Ja.'

'Vorig jaar hadden wij hier een vakantiehuisje. Deze zomer zat het er niet in, met Gunnar en zo.'

Renaud hield zijn dobber in de gaten.

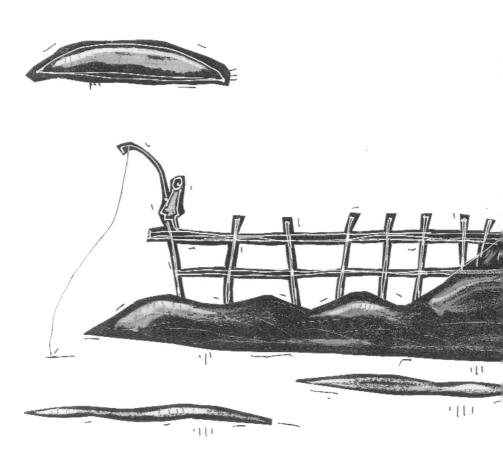

'Hoe gaat het met je broer?' vroeg hij.

'Goed,' zei ik. 'Mevrouw Kimpe vroeg het me gisteren ook.'

Renaud haalde de lijn op.

'Weer niks,' zuchtte hij.

'Ze zei dat je volgend jaar naar dezelfde school gaat als ik.'

'Het ziet ernaar uit.'

'Misschien zitten we wel in dezelfde klas.'

'Misschien.'

Ik wierp enkele kruimels brood in het water.

'In die school zijn ze niet mals voor relschoppers,' zei ik.

Renaud keek verstoord op.

'We hadden toch afgesproken elkaar met rust te laten? Waarom begin je er nu weer over?'

'Ik wou je gewoon waarschuwen. Als je het waagt ooit nog iets over mijn broertje te zeggen, dan kan ik niet instaan voor...'

Renaud liet zijn hand met een klap op de reling neerkomen.

'Waarom geloof je me niet?!' riep hij.

De man naast hem maande hem aan om stiller te zijn.

'Ik loop even verder,' zei ik.

Ik liep de pier af en keek geen enkele keer om.

Hij stond er nog toen ik een uur later terugkeerde. Met een ijsje in de hand bleef ik naast hem staan.

'Daag me niet uit,' zei hij.

'Maak je niet dik,' zei ik. 'Ik wil je wel geloven. Zand erover.'

'Hoe laat is het?' vroeg hij.

Ik keek op mijn polshorloge.

'Kwart over vijf.'

'Verdomme!' vloekte hij. 'Hij heeft beloofd me hier om vier uur op te pikken. We zouden een tochtje op de motor maken.'

'Misschien komt je vader nog.'

Woest haalde hij de lijn binnen en begon zijn spullen op te ruimen.

'Mijn vader is thuis. Stef is de vriend van mama.'

Zijn pet viel op de grond en ik raapte het ding op.

'Houdt die kerel nooit woord?' vroeg ik terwijl ik de pet teruggaf.

'Wat gaat jou dat aan?'

Ik deed een stapje achteruit.

'Rotvakantie,' mompelde Renaud in zichzelf. 'Rotma, rotStef, rotMaartje...'

'Wie is Maartje?' vroeg ik.

Hij klapte zijn koffer dicht.

'Door haar schuld is mijn moeder mij vergeten. Sinds de baby er is, kijken zij en Stef nog minder naar me om dan vroeger.'

Hij tilde zijn koffer op en deed de riem om zijn schouder.

'Misschien zie ik je nog deze week op het basketbalplein, Olaf. Ik vraag papa me nog vanavond te komen halen. Hier heb ik niks meer te zoeken.'

Voor hij vertrok, draaide hij zich om en zei: 'Olaf, niemand hoeft dit te weten.'

'Daar kun je op rekenen,' knikte ik.

Hij stak zijn hand even op en verdween.

Ik had te traag aan mijn ijsje gelikt en het kleverige spul droop over mijn vingers.

21

Vandaag was Gunnar precies één maand oud. Ik vroeg me af of zoiets ook gevierd werd. Gisterenavond had ik een tekening voor hem gemaakt.

'Rij je mee naar het ziekenhuis?' vroeg mam. 'Het is een speciale dag vandaag.'

'Ik weet het. Gunnar is precies één maand oud.'

Mam glimlachte.

'Dat klopt, Olaf. Maar vandaag mag hij ook voor het eerst uit de couveuse.'

'Waar moet hij dan slapen?'

'Hij ligt in een gewoon open bedje. De kamer waar hij slaapt, wordt wel nog extra verwarmd.'

'En buiten is het al zo warm! Krijgt hij het dan niet bloedheet?'

Mam kwam naast me zitten.

'Je broertje kan zijn eigen lichaamstemperatuur nog niet op peil houden. Ze moeten hem daar nog een beetje bij helpen.'

'Hangen ze nu weer een massa draadjes aan hem vast?' vroeg ik.

'Nee,' zei mam. 'Er is nu maar één draadje meer over. Daarmee houden ze zijn ademhaling in de gaten. Het snoertje is verbonden met een toestelletje. Als Gunnar ophoudt met ademen, begint dat toestelletje te piepen. En dan volstaat het om tegen zijn wangetje te tikken…'

Ik vond dat gedoe met slangetjes en piepende toestelletjes maar niets. Het maakte me een beetje bang.

'Je wordt het wel gewoon,' ging mam verder. 'Het is een beveiliging. Hij zal die monitor de komende maanden nog moeten dragen.'

'Dus ook als hij naar huis komt?'

Ze knikte.

Ik probeerde me voor te stellen hoe je kon slapen met een snoertje aan je lijf. Dat lag toch ongemakkelijk? Misschien had Gunnar er helemaal geen last van. Hij was de snoertjes intussen waarschijnlijk gewoon.

'Eén maand,' mompelde mam. 'Je broertje heeft al een hele weg afgelegd.'

'Hij is een vechter,' zei ik.

Mam stond op.

'Kom, ga je mee?'

Eerst liep ik nog naar boven om de tekening van mijn tafel te grissen.

Mam en ik stonden in de gang. Aan beide kanten waren verschillende afgesloten glazen ruimtes. In die ruimtes stonden bedjes met doorzichtige wanden. Sommige daarvan waren leeg. Ik zocht mijn broertje.

'Daar!' wees ik.

Mam knikte.

Een verpleegster kwam naar ons toe.

'Jullie komen voor Gunnar?' vroeg ze.

'Ja,' antwoordde ik.

Mam vuurde een aantal vragen op haar af. Of Gunnar goed had geslapen, hoe de overgang verliep naar het gewone bedje en of hij goed had gegeten.

De verpleegster stelde haar gerust.

'Hij drinkt vrij goed,' zei ze. 'Soms heeft hij achteraf nog wat last van krampen.'

'Ik weet het,' zei mam. 'Als ik hem zijn beentjes zie optrekken, voel ik me schuldig dat ik hem geen moedermelk kan geven. Daar zou hij misschien minder last mee hebben. Ik heb het geprobeerd, maar met het afkolven van de melk wilde het niet lukken…'

Mam kreeg het moeilijk. De verpleegster nam haar even apart.

Ik dacht aan mijn droom van enkele weken geleden. De stapel melkflessen die van het aanrecht gleed. Er waren zoveel dingen anders gelopen dan mam had gewild.

Ik drukte mijn neus tegen het raam. Gunnar lag in het eerste bedje. Hij sliep op zijn rug, met zijn gezicht naar me toe. Naast het kleine hoofdje lagen de twee knuistjes. Af en toe ging het ene vuistje open. Links van zijn oor lag een fopspeen. Zijn mond maakte voortdurend tuitbewegingen alsof hij ergens aan zoog. Misschien droomde hij wel.

Mijn rechterhand gleed in mijn achterzak. Ik vouwde mijn tekening open, streek het papier glad en hield het tegen het raam.

'Het is een taart,' fluisterde ik. 'Je bent nog niet echt jarig, maar ik wou het toch vieren. Nu staat er een korte kaars op. Als je één jaar bent, krijg je een tekening met een lange kaars.'

Ik hield de tekening nog even omhoog. Misschien werd hij wel wakker.

Na een tijdje begon er onder de lakens van alles te bewegen. De oogjes knipperden en gingen open.

'Hij kijkt!' juichte ik.

Zijn lipjes trilden. De vuistjes bewogen heen en weer. Gunnar begon te huilen.

'Mam, hij huilt!'

De verpleegster kwam dichterbij en keek op haar polshorloge.

'Hij heeft vast honger,' zei ze. 'Ik haal een flesje.'

Mam en ik wasten onze handen. Mam deed haar ringen uit en ik mijn horloge. We trokken een groene schort aan.

Mam had Gunnar al vaker een flesje gegeven. Ik was nooit eerder mee naar binnen gegaan.

Gunnar huilde nu hevig. Mam tilde hem op en hield hem tegen zich aan. Hij had de pyjama met de witte olifantjes aan.
'Je flesje komt zo,' suste ze.
'Hij kan nogal een keel opzetten,' zei ik.
'Zo weten we tenminste dat hij iets nodig heeft,' antwoordde mam.
Gunnars gezicht zag rood.
De verpleegster kwam naar binnen, gaf mam het flesje en verdween weer.
'Ga zitten,' zei mam.
'Waarom?'
Ik ging op een stoel zitten.
'Zit je zo goed?'
Gunnar ging nog harder huilen.
Mam legde hem in mijn armen. Zijn hoofdje rustte tegen de elleboogholte van mijn linkerarm.

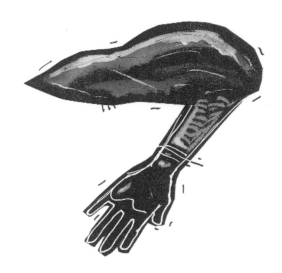

'Wat moet ik nu doen?' vroeg ik in paniek.

Ik klemde mijn andere hand om zijn beentjes. Hij mocht niet vallen.

'Rustig, Olaf, laat die beentjes los.'

Ze deed Gunnar een slabbetje om en stopte de speen in zijn mond.

'Hier,' zei ze. 'Gewoon vasthouden.'

Het geschrei was opgehouden. Gunnar dronk. Hij maakte smakkende geluidjes.

'Hou de fles een beetje hoger, Olaf.'

Mijn broertje begon haast weer te huilen toen de speen even uit zijn mond gleed.

'Slokop,' zei ik tegen hem terwijl ik ervoor zorgde dat hij snel weer kon zuigen.

Met gesloten oogjes dronk Gunnar van de melk. Zijn rechterhandje tastte in het rond. De vingertjes klemden zich om mijn duim.

'Kijk, mam.'

Ze knikte.

Hij nam zijn tijd om te drinken. Ik weet niet hoe lang hij erover deed, maar ik kreeg een kramp in mijn arm. Er was nog een bodempje in de fles toen hij stopte met zuigen.

'Hij is in slaap gevallen,' glimlachte mam.

Ik gaf haar het flesje terug. Voorzichtig aaide ik zijn wangetje. Een tijdje bleven we zo zitten. Mijn broertje woog niet zwaar.

Toen nam mam Gunnar van me over.

'Ga jij nu maar iets drinken in de cafetaria,' zei ze. 'Ik blijf nog even hier.'

Ik deed de schort uit en pakte mijn horloge.

Beneden in de cafetaria bestelde ik een cola. Mijn armen voelden leeg aan.

22

Diezelfde avond ging ik thuis Gunnars slaapkamer binnen. Het rook er naar hout. Mam had enkele oude meubels op de kop getikt. Ze had ze een nieuw laagje verf gegeven. Een gele pastelkleur. Op de vloer lag nu parket. De muren waren lichtblauw. Er liep een strook door met grappige schaapjes erop.

In de hoek van de kamer zag ik de wieg. Die zou niet lang meer leegstaan. Volgens de kinderarts kon Gunnar waarschijnlijk over twee weken naar huis.

Ik was alleen. Mam en pa waren samen naar het ziekenhuis.

In het midden van de kamer ging ik zitten. De cassetterecorder zette ik aan mijn voeten. Ik drukte de opnametoetsen in.

'Hallo, Fiene,' begon ik, 'je raadt nooit waar ik nu zit. In het midden van Gunnars slaapkamer. De kamer is mooi geworden, lichtgeel en blauw. Echt iets voor een baby. Op de plaats waar mijn drumstel zou komen, staat nu de wieg. Maar het drumstel komt er! Op de kamer van Gert, Willi's broer.'

Ik had nu ook een broer... Het zou nooit meer zijn zoals vroeger.

Gunnar had gevochten voor zijn leven. Ik dacht aan die enge monitor die kon gaan piepen. Ik dacht eraan dat hij misschien anders zou zijn dan de jongens van zijn leeftijd. Misschien zou hij altijd een beetje moeten blijven vechten.

'Binnenkort mag hij naar huis. Nu al slaapt hij in een gewoon bedje. Hij krijgt wel een toestelletje mee dat afgaat als hij vergeet te ademen. Ik zal die eerste nacht geen oog dichtdoen.'

Mijn broertje. Eerst was hij een vage grijze vlek op papier, toen was hij er plots achter glas, met en zonder draadjes. Allemaal zo veraf. Maar vandaag had ik de warmte gevoeld van zijn kleine lijfje. Zijn vingertjes om mijn duim.

'Hij weegt helemaal niet zwaar, Fiene. Vandaag heb ik hem voor het eerst vastgehouden.'

€

€ 4.80